LA PROIE DE L'ALPHA

RENEE ROSE

LEE SAVINO

Traduction par
MARINE HAVEN
Edited by
ELLE DEBEAUVAIS

Midnight ROMANCE

LIVRE GRATUIT DE RENEE ROSE

Abonnez-vous à la newsletter de Renee

Abonnez-vous à la newsletter de Renee pour recevoir livre gratuit, des scènes bonus gratuites et pour être averti·e de ses nouvelles parutions !

https://BookHip.com/QQAPBW

CHAPITRE UN

Caleb

La neige crisse sous mes bottes. Je secoue la tête pour chasser de mon nez l'odeur métallique du sang.

Merde, je deviens fou.

Non. Quelque chose de malveillant rôde dans ces bois. C'est ce qui m'a fait sortir de mon chalet cet après-midi. Ce qui m'a envoyé parcourir la forêt.

Comme un fourmillement dans la nuque.

L'odeur imaginée du mal dans mes narines. Je sais qu'elle n'est pas réelle, parce que j'ai beau chercher, je ne trouve rien.

Pas de corps mutilés au bord du fleuve. Pas de hurlements de ma compagne et mon enfant.

Il pourrait simplement s'agir d'un produit de mes souvenirs… de mes cauchemars. À cause du traumatisme de leur mort trois ans plus tôt, toujours inexpliquée. Ou parce que j'ai passé trop de temps sous ma forme d'ours depuis. Je suis plus bête qu'homme ces temps-ci, et je sais que ça commence à se voir.

J'ai entendu les loups de Tucson marmonner sur mon passage lorsque je suis venu participer à un combat en ville, le mois dernier.

Cet ours aurait dû être abattu quand il a perdu sa compagne. Un de ces jours, il va blesser quelqu'un.

C'est vrai.

Sortir de mon hibernation pour me rendre en Arizona et me battre contre ce grizzly était idiot. Je n'aurais jamais dû me laisser convaincre par cet abruti de loup, Trey. J'aurais dû rester terré tout l'hiver dans mon chalet. Mais il savait exactement quoi dire. Il a insinué que le grizzly que j'allais affronter était mêlé à quelque chose de sombre et, putain, j'ai forcément dû aller voir cet enfoiré par moi-même.

Juste au cas où il serait l'ours qui a assassiné ma famille.

Ce n'était pas lui. C'était un métamorphe grizzly ordinaire. Une brute, comme la plupart des ours, mais pas anormal. Ni malveillant.

Au moins, je suis rentré du combat avec de l'argent. Jusqu'alors, j'étais fauché. J'ai donné la plus grande partie de ce que j'ai gagné en travaillant dans la construction cet été à l'un de mes collègues, dont le petit garçon avait besoin de se faire opérer, et dépensé presque tout le reste. C'est l'inconvénient avec le fait de ne pas travailler l'hiver.

Je me suis donc réveillé et rendu dans le désert. J'ai gagné assez pour acheter des myrtilles et du saumon pendant huit mois.

Mais maintenant, je n'arrive plus à me rendormir. Je suis en plein air, laissant ma bite se balancer au vent pendant que je parcours nerveusement la forêt.

Une autre femme a disparu.

C'est en partie pour ça que je ne peux pas me reposer.

Un tueur en série, ou un kidnappeur est en liberté dans les parages.

J'atteins la route principale plus vite que je m'y attendais. J'ai traversé presque cinq kilomètres de mon territoire sans m'en rendre compte. Une Subaru bleue apparaît dans un virage. Elle ne me dit rien, ce qui est bizarre. Je connais la plupart des véhicules qui passent sur cette route, au moins pendant l'hiver. Quand le SUV passe à côté de moi, je regarde à l'intérieur de l'habitacle et lâche un juron à voix basse en voyant qui est au volant.

Une femme seule. Une rousse pulpeuse, dont le visage semble dire *ne cherchez pas la merde avec moi*. Seule, avec des valises.

Merde.

Le fourmillement dans ma nuque s'intensifie.

Je sais où elle va. Elle est en route pour la station de recherche de l'université du Nouveau-Mexique. C'est un petit chalet situé à environ seize kilomètres d'ici, sur la route qui traverse la forêt d'État.

Si trois femmes seules n'avaient pas disparu dans cette forêt ces huit derniers mois, je m'en foutrais.

Trois.

Et je considère cette putain de forêt comme la mienne. J'y suis le prédateur le plus dangereux. Aucune autre créature, animale ou humaine, ne devrait s'en prendre à quelqu'un.

Encore moins à des femelles.

Je ne suis ni séduisant ni galant et je n'ai jamais été réputé pour être un gentleman, mais protéger les femelles est inscrit dans mes gènes.

Je longe la crête de la colline en observant son véhicule. Il se gare devant la seule épicerie de notre petite ville.

Bordel de merde.

On dirait bien que je vais passer la semaine à jouer les gardes du corps pour cette chercheuse déterminée, trop bête pour savoir qu'il ne faut pas venir seule ici en mars.

Surtout avec un tueur en série dans les parages.

~

Miranda

Non loin de Pecos, le parc national, je m'arrête devant une supérette en bord de route afin d'acheter des provisions pour la semaine.

Je n'avais pas prévu de revenir ici avant la fin du printemps, mais mes recherches sur les cernes d'arbre ne pouvaient pas attendre. J'ai un article à publier d'ici juin. Pour respecter cette date butoir, j'ai besoin des données maintenant.

La voix du Dr Alogore résonne encore dans ma tête. *« Encore un délai et vous perdrez vos subventions. N'attendez pas, allez chercher les données. »*

J'ai protesté que nous étions en mars, toujours en hiver dans le chaînon Sangre de Cristo, le point le plus méridional des Rocheuses, mais…

« Je ne vois aucun de vos collègues demander ce genre de traitement de faveur pour leurs projets. »

Mes joues chauffent alors qu'il me sourit avec mépris. Autour de la table, les chercheurs, tous des hommes, l'imitent. Je n'ai pas besoin de les regarder pour savoir qu'ils se moquent de moi. Ils imitent tout ce que fait ou dit le Dr Alogore. Ils s'habillent même comme lui, jusqu'à la cravate en tissu écossais — un crime contre la mode — et le pantalon Dockers brun.

« Très bien », *dis-je en un murmure. Je baisse les yeux sur mon dossier jaune. C'est une touche de couleur vive dans une pièce terne, et je l'ai choisi pour illuminer mes journées lassantes. Mais aujourd'hui, son jaune ne m'évoque que la couleur des lâches.*

« C'est bien, mon cœur », *dit le Dr Alogore en fixant mon buste. J'ai envie de toucher mon col, mais m'arrête à temps. Je sens le regard*

de mes collègues sur mon pull. Ma grand-mère s'habille moins strictement que moi, pourtant je me fais reluquer comme si je portais de la lingerie. À la façon dont ces types me regardent, j'ai l'impression qu'ils m'imaginent nue. Ils le font peut-être. Ouais, j'ai une forte poitrine. Et le reste de mon anatomie est plutôt pulpeux. Ce n'est pas une raison pour me traiter différemment.

« Si c'est tout, allons déjeuner. Je vous invite », dit mon professeur. Tout le monde lâche un soupir reconnaissant, sauf moi. Le Dr Alogore préfère déjeuner dans des établissements où des femmes dansent sur les tables.

Je prends mon dossier et me précipite dans le couloir.

« Hé, Miranda ! » L'un de mes collègues se sépare du groupe d'hommes en Dockers et vient me souffler dans la nuque. Lorsque je me retourne, je me prends son haleine aux relents d'oignon de plein fouet. Il sourit comme un requin, ses yeux sur mes seins. « Je vais t'accompagner pour rassembler ces données. »

Beurk.

« Non, merci », dis-je en marmonnant avant de fermer mon cardigan. Je ne porte même pas de décolleté. Ces mecs sont des pervers, tout simplement.

« Allez, je te serai utile. Ces montagnes sont effrayantes en cette période de l'année, insiste-t-il d'un ton faussement inquiet. On s'y rendra ensemble et je t'aiderai à tout rassembler en un temps record. Tu pourras m'inviter à dîner pour me remercier. » Son sourire s'élargit. « Je t'aide avec les données et on partage le mérite, moitié-moitié. »

Et voilà. Une tentative éhontée de s'approprier mon travail. Je carre les épaules et serre mon dossier contre ma poitrine.

« Pouah, non merci. Tu crois que tu peux débarquer à la dernière minute et que je te laisserai mettre ton nom avant le mien sur la publication ?

— Ça paraît logique, par ordre alphabétique…, dit-il en haussant les épaules.

— Non, ça ira. » Je baisse la tête et m'éloigne aussi rapidement *que mes jambes me le permettent. Personne ne me dérobera mes recherches. Pas cette fois.*

Cette publication pourrait m'éviter de passer une autre année merdique en tant que postdoctorante dans le labo du Dr Alogore en me permettant de décrocher un poste de professeur quelque part. N'importe où. Bien sûr, une place de professeur ne me garantira pas d'être respectée dans mon domaine professionnel. J'ai vu suffisamment de femmes scientifiques dont la carrière a été dénigrée au quotidien pour savoir que je devrai me battre à chaque instant pour obtenir les mêmes droits que les hommes. Sans doute jusqu'au jour où je partirai à la retraite.

N'abandonne jamais, ne cède jamais. C'est ma devise.

Je prends mes sacs en toile et descends de voiture. À l'intérieur de la boutique, je dois cligner des yeux pour m'habituer à la pénombre légèrement déprimante qui règne dans la pièce. Je suis déjà venue, donc je sais à quoi m'attendre, mais cette ambiance me file toujours la chair de poule. Un sol en béton non balayé, de vieilles boîtes de conserve avec des étiquettes de prix. Comme dans n'importe quelle supérette située à l'entrée d'une forêt nationale, les tarifs sont extrêmement élevés, autant que dans une station-service. Des paquets de pain de mie pour presque cinq dollars, des pots de beurre de cacahuètes à huit dollars.

Ayant déjà acheté des provisions non périssables à Albuquerque, je prends une bouteille de lait, des œufs, du bacon et du beurre dans un réfrigérateur. Le tout devrait être suffisant pour tenir pendant les cinq jours que je compte passer ici.

Je les apporte à la caisse, où un homme âgé parle avec un gars du coin. Il m'ignore pendant deux bonnes minutes avant de faire lentement glisser les œufs vers la caisse enregistreuse, sans cesser de bavarder.

Je m'éclaircis la gorge.

Son compagnon, tout aussi âgé, lui dit au revoir et sort de la boutique. Le propriétaire se tourne et me regarde d'un air spéculateur. Oui, ses yeux descendent vers ma poitrine. « Qu'est-ce qui vous amène ici, jeune fille ? Ce n'est pas la saison pour pêcher ou randonner.

— Je vais passer quelques jours dans le laboratoire de recherche », dis-je poliment. Nous avons eu exactement la même conversation la dernière fois que je suis venue ici. Certes, c'était il y a six mois, mais tout de même. Je doute qu'il voie énormément de femmes venir camper ou randonner seules dans la région.

« Oh, c'est vrai, c'est vrai. De l'université du Nouveau-Mexique, c'est ça ?

— Oui. »

Il cesse de taper sur la caisse enregistreuse pour me regarder, les yeux plissés. « Toute seule là-bas… soyez prudente. Vous êtes au courant que des femmes ont disparu ? »

Je repousse l'effroi qui me traverse. La seule chose à craindre est la peur elle-même. N'est-ce pas ?

« J'en ai entendu parler, oui. Mais j'ai mon chien avec moi. Et il est très protecteur. »

Cette déclaration pourrait être vraie, ou non. J'ai un croisé berger allemand, berger australien poilu, qui adore rapporter les balles. Mais son aboiement est féroce.

« Eh bien, vous devrez peut-être protéger votre chien aussi. Vous savez qu'on a un problème d'ours dans cette forêt, au moins ? »

Ah oui, le problème d'ours. Il m'en a déjà parlé la dernière fois. En tant qu'écolo, je n'apprécie pas que des humains se permettent de dire que les animaux sont le problème. Les véritables problèmes ne seraient-ils pas plutôt notre surpopulation et la raréfaction des corridors écologiques ?

Lors de mon précédent passage l'été dernier, il s'est penché sur le comptoir et m'a dit : « Soyez prudente là-haut. Un ours enragé se balade dans la nature. Il a mutilé une femme et son enfant il y a quelques années.

— S'il avait la rage il y a quelques années, il serait mort maintenant, vous ne pensez pas ? » Je déteste me servir de la science et de la logique comme d'armes, mais… bref.

« Ben, il n'est peut-être pas enragé, mais il est sauvage, c'est certain », avait affirmé le vieil homme.

Je n'ai pas réussi à empêcher mon mépris de transparaître sur mon visage. « Les ours ne peuvent être que sauvages. Ce ne sont pas des animaux de compagnie. »

L'homme a brutalement posé ma monnaie sur le comptoir en me décochant un regard noir. « Fou, alors ! Il y a un ours fou dans la région. C'est vraiment troublant. Un animal énorme, avec des yeux jaunes et brillants, qui ne vit que pour détruire. Quand cette femme et sa fille ont été tuées, l'ours a entaillé tous les troncs à six kilomètres à la ronde.

— Oui, oui, j'ai entendu parler de votre ours, lui dis-je à présent. Mais vous n'avez pas eu de problèmes récemment, si ?

— Non, pas depuis quelques années. Mais cet animal ne tournait pas rond, je vous le dis. Faites attention à votre chien, ou cet ours pourrait le tuer pour s'amuser. »

D'accord. Et l'abominable homme des neiges risque de m'inviter à prendre le thé. J'ai envie de protester que les attaques d'ours sont incroyablement rares et qu'un prédateur ne veut pas forcément s'en prendre à des humains. La plupart des animaux souhaitent simplement vivre en paix dans leur habitat naturel. Et je ne parle même pas de la diabolisation des requins et des ours dans les dessins animés pour enfants.

Le type montre le total sur la caisse. « Vingt-huit dollars vingt-deux. »

Ouais, comme je le disais… hors de prix.

Je lui donne l'argent et tente de réprimer mon agitation. « D'accord, je le garderai tout le temps près de moi. Merci pour l'avertissement. »

Bien que j'aie posé mes sacs réutilisables sur le comptoir, le type range mes achats dans des sacs plastique.

Je transfère leur contenu dans mes sacs en toile et lui rends les autres. « Je n'en ai pas besoin, merci. »

Alors que je me dirige vers la porte, je l'entends crier derrière moi : « Soyez prudente, vous m'entendez ?

— Oui, je le serai. Merci ! »

Dans la Subaru, Ours aboie joyeusement en me voyant revenir.

J'ouvre la portière et pose les sacs de courses sur le siège passager pendant qu'il essaie de lécher mon visage depuis la banquette arrière. « Tu es prêt à aller au chalet, mon grand ? »

Il halète, puis tente à nouveau de me lécher.

Je m'écarte et lui frotte la tête. « Va te coucher. »

Il saute promptement dans le coffre, où j'ai installé son lit, et s'y roule en boule.

« C'est bien », dis-je en lui souriant dans le rétroviseur.

Des flocons de neige tombent sur mon pare-brise. J'adresse une prière aux dieux de la météo. L'application météorologique que j'ai consultée annonce une tempête, mais le temps devrait s'améliorer demain. Même s'il fera froid, je devrais pouvoir terminer mes recherches et rentrer chez moi d'ici la fin de semaine.

CHAPITRE DEUX

Caleb

Il neige.

Je n'arrive pas à me sortir la rousse de la tête, ne cessant de me demander si elle est bien arrivée au chalet. Je sens un front froid en approche et mon ours m'indique que cette tempête de neige sera corsée. La météo évolue rapidement, par ici.

Le bon côté de la neige, c'est qu'elle pourrait dissuader le taré qui s'en prend à des randonneuses.

Le mauvais côté, c'est qu'elle rend la chercheuse déterminée beaucoup plus vulnérable. Si la neige l'enferme ici, elle ne pourra fuir nulle part.

Idiote femelle têtue.

Non, pas idiote. Elle est scientifique. Probablement extrêmement intelligente.

Mais je repousse mon admiration réticente à l'égard de ce genre de femmes fortes et autonomes.

Je réfléchis au danger qu'elle court peut-être. Quelqu'un rôde dans les parages et s'en prend à de jolies jeunes femmes.

Je doute qu'il s'agisse du même enfoiré qui a tué ma famille, mais je l'ai néanmoins pris en chasse. Parce que je sais ce que c'est de perdre brutalement quelqu'un que l'on aime. Et je ne compte pas rester sans rien faire alors que cette tragédie pourrait s'abattre sur d'autres personnes.

Pas dans ma forêt.

Il doit habiter dans le coin. Le problème, c'est que je connais tout le monde en ville. Et je pense que mon instinct m'avertirait de la présence d'un individu louche à Pecos. De plus, je reconnaîtrais son odeur. Impossible de tromper mon nez. L'odorat d'un ours est deux mille cent fois plus affûté que celui d'un humain. Sept fois plus puissant que celui du plus fin limier. Et je me souviens du parfum qui se mêlait à celui du sang et de la mort sur les membres de ma famille. Il ne s'agissait pas d'un ours. Ni d'un humain.

Ce n'était pas l'odeur d'un animal que je connais.

Et ça pourrait être une piste, ou peut-être pas, mais j'ai senti une odeur similaire à Tucson. Pas la même. Putain, s'il s'était agi de la même, le mec serait mort. Mais plusieurs types se trouvaient au Fight Club. Des métamorphes, mais je n'ai pu déterminer quels animaux.

Et ça n'a aucun sens.

Mais je ne me fiais pas à mes sens lorsque je me trouvais là-bas. Être entouré de tous ces métamorphes, dans la ville… enfin, si l'on qualifie Tucson de ville, ce qui est mon cas… mon ours était tellement à cran que j'ai passé tout mon temps sur place à osciller entre ma forme humaine et animale. J'étais à peine capable de garder les idées claires. Ce qui me rendait incroyablement chafouin et faisait de moi un danger pour ceux qui m'entouraient. Je n'avais qu'une envie, remonter dans ma caisse et me tirer le plus vite possible.

Ce n'est qu'ici, de retour dans mon chalet, où je peux pleinement être un ermite asocial, que j'ai fait le tri dans mes impressions. Maintenant, je regrette de ne pas être resté pour poser des questions sur cette odeur.

Depuis le pas de ma porte ouverte, je contemple la neige qui tombe. On dirait que rentrer de nouveau en hibernation ne sera pas une option. Je dois aller voir si l'humaine va bien.

Je ne compte pas me rendre à la station de recherche en voiture. Ça ne ferait que lui foutre les jetons. Elle *me* prendrait pour le psychopathe. Je suis sûr qu'on l'a avertie du danger. Cependant, il commence à faire trop froid pour marcher, du moins sous forme humaine.

Je pourrais attendre le matin pour effectuer le trajet.

Mon ours grommelle.

Merde.

Apparemment, on va aller se promener à quatre pattes.

Je me déshabille et pose mes vêtements à l'intérieur, juste derrière la porte. Dehors, il a commencé à neiger plus fort. Les flocons piquent ma peau nue et la plante de mes pieds pendant que je ferme la porte sous ma forme humaine. Puis je ferme les yeux et tombe à quatre pattes. L'ours n'est jamais loin de la surface, prêt à prendre les commandes.

Il court.

Putain, il adore courir.

Si ça ne tenait qu'à lui, j'abandonnerais toute humanité. Je rôderais dans ces bois sous ma forme d'ours. J'oublierais toute la souffrance, la tragédie. Le fait que ma vie ne vaut presque pas la peine d'être vécue.

J'ai failli le laisser gagner pendant les mois qui ont suivi la mort de Jen et Gretchen. J'en avais envie. J'espérais qu'il avalerait Caleb jusqu'à la dernière miette, me laissant incapable de revenir en arrière.

Mais les loups sont intervenus. Je ne sais pas comment ils ont été mis au courant, mais la meute de Tucson est arrivée à moto, ce qui a flanqué une trouille bleue aux habitants de Pecos, qui ont cru à une invasion de Hells Angels.

La meute m'a traqué. Ils m'ont acculé, puis forcé à me battre. Ils ont de la chance que je ne les aie pas tous tués. Les loups m'ont coincé et Garrett Green, leur alpha, a repris forme humaine pour m'ordonner de muter. Il possédait assez d'autorité alpha pour me forcer à obéir.

J'imagine qu'ils pensent que je devrais leur être reconnaissant.

Je ne le suis pas.

Je hais ces enfoirés.

Ils m'ont remis dans ma souffrance. Dans une vie que je ne souhaite pas mener.

D'un autre côté, savoir que toute une meute métamorphe me couvre n'est pas désagréable. Les ours étant généralement des animaux solitaires, être revendiqué par une meute était étrange. Je ne sais toujours pas pourquoi ils l'ont fait.

Parce qu'ils auraient tout aussi bien pu venir m'abattre.

Ils auraient probablement dû le faire.

Je cours à grandes enjambées. Ravi, mon ours souffle la neige sur mon museau, apprécie son goût sur ma langue, l'air frais refroidissant mes oreilles poilues.

Le chemin jusqu'à la station de recherche ne prend presque pas de temps avec les foulées géantes de mon ours.

J'en fais deux fois le tour, à la recherche d'odeurs.

Il y a un animal… un chien.

C'est une bonne chose. Je suis content qu'elle ne soit pas totalement seule.

Et le parfum de la femme.

Il picote agréablement mes narines. Comme des fraises et de la glace à la vanille, mais pas aussi sucré. Je ne m'attendais pas à l'apprécier autant. Après tout, il s'agit d'une odeur humaine. Pas mon truc.

Le chien se met à aboyer quand je m'approche du chalet. Un animal intelligent.

L'alpha en moi gronde, comme si je voulais le remettre à sa place, mais il ne fait que son travail. Il protège son humaine, comme il devrait le faire.

Je me dirige tranquillement vers l'arrière du chalet. Je ne devrais sans doute pas rester plus longtemps. Je ne détecte aucune autre odeur aux alentours. Mais quelque chose me pousse à m'approcher. Une curiosité frivole envers l'intrépide femelle qui pense que venir seule ici pendant une tempête de neige, avec un tueur dans les parages, est une bonne idée.

Je me dresse sur mes pattes arrière et pose mes pattes sur le rebord de la fenêtre pour jeter un coup d'œil à l'intérieur.

Putain de merde.

La fille — correction, c'est une femme, bien qu'elle soit jeune — a allumé un feu trop gros. Je le sais, parce qu'elle s'est dévêtue et ne porte qu'un petit débardeur rose pâle. Un *minuscule* débardeur rose pâle. Qui s'étire pour contenir ses gros seins sexy. Un joli tatouage s'enroule autour de son avant-bras, des plantes grimpantes et un papillon bleu cobalt.

Mon ours gronde.

Putain, elle est sublime. Les humaines ne sont pas mon genre, pas du tout. Mais si elles l'étaient, je choisirais une femme qui lui ressemble. Elle m'évoque une fermière suisse. Une princesse viking. Non, avec ces cheveux roux, elle serait plutôt une fermière irlandaise. Elle est robuste.

Des os lourds, rembourrée. Bien charpentée, avec des hanches assez larges pour porter un ourson. Des lèvres roses et charnues. Une peau douce et crémeuse.

Bordel, elle est en pleine santé.

Et intelligente par-dessus le marché.

Elle rendra un enfoiré d'humain très heureux, si ce n'est pas déjà le cas.

Le chien, un berger noir poilu, pète un câble lorsque je gronde. Il montre les dents et grogne en direction de la fenêtre.

Je devrais me détourner, mais n'en fais rien. Je ne suis pas encore rassasié de la regarder.

Je la fixe toujours quand la scientifique sexy se retourne et me voit. Elle écarquille les yeux et crie. Plutôt un hurlement, en fait. Presque un cri de guerre. Elle bondit vers son chien, comme s'il était potentiellement en danger, et le retient par son collier.

« *Ours, ne bouge pas.* » Elle ne me quitte pas des yeux.

L'ordre éveille quelque chose en moi. Un sourire intérieur. Elle est si mignonne, à croire qu'elle peut contrôler un ours.

Mais elle répète alors : « *Ours, non !* » et je comprends qu'elle parle au chien.

Hilarant.

～

Miranda

Oh, Seigneur.

Le caissier de la supérette avait raison. Un satané ours taré est ici.

Parce que, je le jure devant Dieu, il est en train de me sourire. Il doit mesurer près de trois mètres, avec un intense et intelligent regard jaune. Comme s'il lisait dans mes pensées.

Mon cœur tambourine, mais la logique prend le dessus. L'ours est dehors. Ours, mon chien, et moi sommes à l'intérieur. Dès que j'en suis sûre, peut-être même avant, mes genoux se dérobent devant la pure splendeur de l'animal.

Je n'avais encore jamais rencontré d'ours. Certes, j'en ai vu derrière des vitres au zoo, mais la situation est complètement différente. J'observe un ours dans son milieu naturel.

« *Ursus americanus*. L'ours noir », dis-je d'une voix profonde, imitant le narrateur d'un documentaire animalier. Il s'agit de l'un de mes jeux favoris. Un petit numéro que j'ai développé pendant mes études pour faire rire mes camarades. « Il tire son nom de sa fourrure noire, bien que le pelage de cette espèce puisse également être brun ou blond. » Et celui-ci est absolument superbe. Bien que ce soit un ours noir, il fait la taille d'un grizzly. En bonne santé, avec une épaisse fourrure noire.

Je continue mon cours à mon public imaginaire : « Pendant les mois les plus froids, le métabolisme de l'ours ralentit jusqu'à ce qu'il entre dans un état de somnolence connu sous le nom d'hibernation. L'ours peut ainsi conserver son énergie et résister à l'hiver, quand la nourriture se fait rare. »

Bon Dieu, pourquoi n'est-il pas encore en hibernation ? Il a fait plus chaud pendant quelques jours ; peut-être est-ce ce qui l'a fait sortir de sa tanière avant l'heure.

Pauvre ours. Dupé par la nature.

J'espère qu'il survivra. Que trouvera-t-il à manger, alors que les rivières sont à moitié gelées et que rien ne pousse ?

Eh bien, je suppose que c'est pour cette raison qu'il

rôde autour de ce chalet. Il sent probablement la nourriture.

Bien sûr, je ne peux pas le nourrir. Cette idée est terriblement dangereuse. Ce comportement leur apprend à associer les humains à la nourriture, ce qui mène à des attaques.

Je pourrais peut-être laisser quelque chose dans les bois pendant que j'effectue mes recherches. Mais la nourriture sentira toujours l'humain. Et je me souviens que les ours ont un excellent odorat — trois cents fois meilleur que celui d'un chien, ou quelque chose comme ça.

Dommage qu'il soit impossible d'apprendre à un ours à chasser ou rapporter. Si c'était le cas, ils retrouveraient peut-être les femmes disparues.

L'ours penche la tête sur le côté, ses yeux braqués dans les miens comme s'il essayait de deviner mes pensées. Un frisson court sur ma peau. Je comprends mieux pourquoi les habitants de la ville pensent que cet ours est fou. Il a quelque chose de déstabilisant. Son intelligence semble presque humaine.

« Bonjour, mon gros, dis-je à voix basse. Tu es magnifique. » Ours cesse de gronder, suivant mon exemple. Il s'assied, mais sans quitter des yeux l'animal à la fenêtre, ses oreilles pliées vers l'avant, prêt à bondir.

L'ours géant souffle, embuant la vitre.

Je souris. Je ne peux m'en empêcher. Je me sens honorée de voir une si superbe créature. Comme souvent en présence de nature sauvage, je suis émerveillée, submergée par l'incroyable abondance de beauté qu'abrite cette Terre.

C'est pour ça que je suis devenue écologiste. Et je suis reconnaissante que des moments comme celui-ci me le rappellent. C'est ce dont j'ai besoin pour m'en souvenir, lorsque je suis abattue par le sexisme et l'insularité du monde académique.

Quand j'étais étudiante, j'ai passé un été en tant que bénévole au Guatemala. Mon rôle était de construire des latrines. Pendant mon séjour, j'ai vécu un tremblement de terre. Rien de majeur, une simple secousse, ou *temblor*, comme l'ont qualifié les autochtones. Mais à cet instant, je me suis sentie si impuissante. J'ai compris à quel point les humains sont minuscules et insignifiants face aux forces de la nature. Ça ne m'a pas effrayée ; ça m'a rendue humble. Cette expérience a renouvelé mon respect pour mère Nature et tout ce qu'elle représente.

C'est imprudent. Non que je sois en danger, mais je ne devrais pas laisser cet ours prendre ses aises en présence d'humains. Pourtant, je m'approche pour le voir de plus près. Pour satisfaire mon émerveillement.

L'ours souffle à nouveau, mais ne bouge pas. J'avance lentement, observant chaque détail de la belle créature. Son regard doré qui ne cille pas, les touches fauves autour de son museau.

« Qu'est-ce que tu es beau », dis-je d'un ton chantant.

Je jure que l'ours me sourit encore, puis il se baisse et disparaît. Je me précipite à la fenêtre et le vois s'éloigner en trottant. Le territoire qu'il couvre en quelques bonds est incroyable. Ses jambes puissantes avalent la distance comme s'il était le roi de cette forêt.

J'imagine que c'est le cas. Ces montagnes devraient appartenir aux ours. Ils ne devraient pas être expulsés de leur habitat naturel par la recherche humaine constante d'espace supplémentaire.

Je fredonne à voix basse en le suivant des yeux alors qu'il rapetisse, puis disparaît dans les flocons de neige et la nuit tombante. Il y a beaucoup plus de neige que je m'y attendais. L'application météorologique se trompait.

Quelle chance. J'ai pu observer un ours noir. Je n'avais encore jamais vu le symbole de l'État du Nouveau-Mexique. Enfin, jamais hors d'un zoo. Grâce à ce simple moment, tout ce voyage en valait la peine. Non que je n'aime pas venir dans ce chalet. Passer du temps seule dans la nature est ce que je préfère, même en hiver. J'ai un faible pour la vie solitaire dans un chalet au fond des bois. J'ai postulé pour des subventions de recherche, rêvant que le département me laisse empocher l'argent et habiter ici, collectant et analysant des données pendant des semaines, voire des mois d'affilée.

Depuis la première fois que je suis allée camper durant mon enfance, j'ai su que j'étais à ma place dans la nature. J'ai fini par obtenir mon doctorat en écologie parce que je me soucie profondément d'elle, et ma passion est aujourd'hui de la protéger.

Si je peux prouver les effets du réchauffement climatique sur les arbres, mes recherches contribueront à provoquer des changements environnementaux dans le monde entier. C'est la véritable raison de ma présence ici, ce pour quoi j'effectue des recherches au beau milieu d'une tempête de neige. Pas pour prouver quelque chose au Dr Alogore ou pour la gloire d'être publiée. Non, je le fais pour la planète.

Je travaille dur pour changer les choses, et je suis convaincue que j'y parviendrai.

Caleb

Je dois lutter pour reprendre forme humaine quand j'arrive à mon chalet. Lorsque j'y parviens, mon érection fait la taille de la tour Eiffel.

Eh ben.

Maintenant, je suis réveillé.

Et le printemps n'est même pas encore là.

Ma peau étant encore couverte de neige et de terre après mon trajet dans la forêt, je prends la direction de la douche.

Pendant que l'eau ruisselle sur mon corps, je tente de ne pas penser à cette ridicule scientifique humaine qui m'a contemplé comme si j'étais un dieu. Ou à la façon dont ses lèvres pleines ont remué quand elle a dit que j'étais beau.

Beau ? Loin de là.

Je ne suis qu'obscurité et désespoir. Un ours formidable. Un homme lamentable. Et, bien trop souvent, je suis coincé entre les deux : ni homme ni ours, mais un être malade, écorché vif et brisé.

Cependant, je ne peux l'empêcher d'apparaître dans mon esprit. Ses formes généreuses. Sa peau crémeuse. Son attitude très compétente.

Je saisis ma bite, faisant de mon mieux pour ne pas imaginer sa bouche sensuelle posée dessus.

Oh, putain… voilà, j'y ai pensé. Et, bordel, quelle pensée merveilleuse. Mes cuisses tremblent tandis que j'imagine que c'est la chaleur de ses lèvres qui glisse sur mon membre et non de l'eau.

Je ne rentrerais probablement pas dans sa bouche attirante. Bien qu'elle soit plutôt grande, pour une humaine. Me regarderait-elle avec la même admiration en me prenant entre ces lèvres boudeuses ? Comme si elle voulait me vénérer et tomber à mes pieds, simplement parce que je possède de la fourrure et des griffes ?

Je secoue la tête. La culpabilité étouffe mon fantasme, comme un couvercle de poubelle que l'on referme.

Comment ai-je pu faire une chose pareille ?

Je me suis uni à Jen pour toujours. Et la plupart des

ours ne fondent pas de famille ; nous sommes rarement monogames. Je l'ai pourtant fait.

Aucune autre femelle ne devrait m'exciter. Encore moins une humaine.

Sauf que… ma bite n'est pas de cet avis. Même mon ours proteste. Il est tout près de la surface, m'encourage à muter et à repartir en vitesse jusqu'à la station de recherche. Je suis toujours dur comme la pierre et ma main n'a pas cessé ses allers-retours autour de mon membre palpitant.

Merde.

Bah, ce n'est pas comme si j'allais faire quoi que ce soit avec elle. Non, il s'agit plutôt d'une incursion dans le porno. Je me laisse entraîner par un fantasme idiot. Ça ne fait de mal à personne, n'est-ce pas ? Je ferme les yeux, me rappelant le parfum de l'humaine. Le plaisir traverse mon corps et l'eau devient soudain beaucoup trop chaude. Je tourne le robinet vers le froid et me caresse plus vigoureusement. Mes testicules se contractent.

Bordel, quand me suis-je branlé pour la dernière fois ? Pas depuis des mois. Au moins six. Mon corps célèbre le réveil de ma libido, les hormones qui l'emplissent. Une fois de plus, la vision de la scientifique, à genoux pour me sucer, apparaît dans mon esprit.

Cette bouche sensuelle…

Je jouis. Ma main remue frénétiquement alors que j'éjacule dans la baignoire en porcelaine.

Je m'avachis sous le coup du soulagement, appuyant une épaule contre le carrelage froid. Le plaisir ne dure qu'un instant, puis le dégoût m'assaille.

Putain, qu'est-ce qui ne tourne pas rond chez moi ? Je ne devrais *rien* penser à propos de cette humaine, sinon des moyens d'empêcher mon ours de se libérer et des façons de la protéger du mal qui rôde dans les bois.

CHAPITRE TROIS

Miranda

Le lendemain matin, je me couvre chaudement avant de sortir. La neige a cessé. Ce qui est une bonne chose, parce que je n'avais pas envie d'attendre pour commencer mes recherches. Et je suis contente d'être arrivée ici hier ; les routes sont probablement verglacées aujourd'hui. J'espère simplement que le temps deviendra plus clément après quelques jours, pour que je puisse rentrer chez moi à la fin de la semaine.

Ours se tient à la porte et tourne en rond, excité à l'idée d'aller se promener.

Je l'encourage. « Tu veux sortir, mon grand ? Tu es prêt pour la balade ? »

Il tourne encore une fois sur lui-même et sautille, remuant sa queue poilue. J'adore ce chien. Sincèrement. Il illumine régulièrement mes journées.

« D'accord, alors, on y va. » J'enfile mes gants en cuir. Ils ne sont pas aussi chauds que de grosses moufles isolantes, mais j'ai du travail à accomplir et j'aurai besoin de mes doigts.

Je prends mon sac à dos, qui contient tout ce dont j'ai besoin : ma tablette, une batterie portable, un casse-croûte pour le déjeuner et une bouteille d'eau. J'emporte mon téléphone en cas d'urgence, même s'il capte si mal par ici que je doute qu'il me soit d'un grand secours.

Dès que j'ouvre la porte, le vent nous frappe de plein fouet. Je pousse un cri de surprise, puis ma réaction me fait rire. « Mince, il fait froid ! Pas vrai, mon beau ? »

Ours a bondi dans la neige et court partout, s'intéressant de nouveau à chaque buisson enneigé qu'il a déjà reniflé et sur lequel il a uriné lorsqu'il est sorti ce matin. Il accorde une attention particulière à la face du chalet où l'ours — le véritable ours — se tenait hier soir.

Je resserre mon écharpe autour de mon visage, ne laissant que mes yeux découverts, avant de rentrer les extrémités dans mon manteau pour protéger toutes les zones sensibles agressées par le vent. Je lève les yeux vers le ciel. Le soleil brille pour le moment, mais des nuages arrivent du nord. Je dois me débrouiller pour rentrer au chalet à midi, au cas où une autre tempête de neige surviendrait.

« On devra faire des recherches concises aujourd'hui, n'est-ce pas, mon grand ? »

Ours bondit devant moi, comme si la neige était un cadeau spécialement pour lui.

Il est facile de suivre la route, bien qu'elle soit couverte de neige, et je connais suffisamment les sentiers. Rester enfermée toute la journée dans le chalet sans données à analyser n'a rien d'amusant. Si je peux au moins commencer à travailler aujourd'hui, je me sentirai mieux.

Je marche péniblement à travers l'accumulation de neige, qui m'arrive aux genoux par endroits. Elle entre dans mes bottes et de petits glaçons s'accrochent à mon jean. Merde. Je vais très rapidement avoir trop froid.

Ours ne semble pas s'en soucier. Il continue de sautiller dans la neige, part en avant pour enquêter, puis revient à toute vitesse.

« Tu ferais un bon chien de traîneau, hein, Ours ? J'aurais bien aimé avoir un traîneau aujourd'hui, ce serait plus simple. » Ou des skis. Des raquettes. C'est dingue.

Il me faut trois fois plus de temps que d'habitude pour atteindre le point de départ du sentier. Je continue, m'engage sur le chemin et le suis sur une pente douce.

Je commence par délimiter une parcelle de terrain, un demi-hectare où je prélèverai des échantillons. Je prélève des carottes d'arbres pour en examiner les cernes au labo. J'étudie les effets du changement climatique sur les arbres, et ils sont mesurables. Bientôt, j'aurai bientôt suffisamment de données pour le prouver et je serai enfin reconnue comme chercheuse à l'université du Nouveau-Mexique.

« Observez cette femelle de l'espèce, dis-je en prenant ma voix de narratrice de documentaire. Reléguée à la vie de famille ces derniers siècles, les progrès de la contraception lui ont accordé une plus grande liberté et plus de contrôle sur sa vie professionnelle. Elle est en mesure d'accepter des tâches et responsabilités équivalentes à celles de ses collègues masculins, pour quatre-vingts pour cent de leur salaire. Perçue comme le sexe faible, elle subit les attitudes condescendantes et les tentatives d'intimidation masculines. C'est le prix à payer pour se faire une place dans le monde du travail. » Du moins, jusqu'à ce que j'obtienne des subventions pour mon projet. Et ensuite, c'est *sayonara, connards !* Je masse mes doigts pour les réchauffer, puis me mets au travail.

Je rassemble des échantillons pendant les deux heures suivantes. Rester sur le sentier n'est pas facile avec la neige, mais je suis presque certaine d'avoir réussi. Ça n'a pas une grande importance ; il me sera facile de regagner le chalet. Je n'aurai qu'à suivre nos traces.

Alors que je suis sur le point de faire une pause pour manger un morceau, le vent se lève. Je n'avais pas remarqué que les nuages ont avancé et masquent le soleil.

Merde. Pas le temps de m'arrêter. On doit rentrer au chalet avant la tempête. Je siffle pour appeler Ours. Le vent fouette mon visage et traverse mes vêtements. Les bourrasques se succédant, j'ai du mal à déterminer s'il s'est mis à neiger ou si le vent soulève la neige tombée la veille.

Imitant la voix de David Attenborough, je marmonne : « Les conditions météorologiques se modifient brutalement à la montagne. Des journées chaudes, suffisamment pour sortir un ours de l'hibernation, suivies de chutes de températures favorables aux tempêtes de neige… » Lorsqu'une violente rafale frappe ma gorge, j'abandonne mon imitation humoristique. Il fait un froid de canard. Je dois rentrer me mettre à l'abri.

Non loin, j'entends Ours péter un câble. Il aboie et gronde sur quelque chose.

« Ours ! Ici, mon grand ! » J'ai beau prendre un ton autoritaire, il n'obéit pas.

Merde, qu'y a-t-il là-bas ?

La panique s'empare subitement de moi. Et si c'était l'ours d'hier soir ?

Oh, mon Dieu, ne fais pas de mal à mon chien.

À point nommé, le vent traverse les arbres. Cette fois, je suis sûre qu'il neige. Des flocons tombent brutalement sur mon visage.

Je me mets à courir en direction des aboiements de mon chien. « Ours ! Viens ici ! *Ours, ici !* »

Mon sang se glace quand je ne le vois pas revenir. Il continue à gronder et aboyer. Je le vois à l'horizon, mais il s'éloigne à toute vitesse, comme s'il mettait quelque chose en fuite.

Merde.

Je hurle, de ma voix la plus grave et furieuse : « Ours, non ! Vilain chien ! »

Il est extrêmement obéissant, d'habitude. Peut-être un peu pourri gâté, cependant il vient toujours dès que je l'appelle. Mais je l'aperçois présentement entre les arbres, pourchassant ce sur quoi il grondait.

Fichu chien.

Ce n'est pas comme si c'était notre première sortie dans les bois.

« Ours ! Ours, reviens ! Tout de suite ! »

Il s'arrête enfin. Au loin, je le vois se tourner et regarder vers moi, puis il recommence à s'éloigner.

« Non ! Viens ici ! »

Son regard s'attarde dans la direction où il partait, mais il finit par revenir en trottant, la queue entre les jambes, un peu penaud après avoir entendu mon agacement.

Lorsqu'il me rejoint, je le réprimande avant de me tourner pour trouver le sentier.

Putain.

Il neige si fort que nos traces sont déjà presque entièrement effacées.

Je commence à courir.

« Allez, Ours. On doit faire vite », dis-je en ahanant. L'altitude me coupe régulièrement le souffle ici, mais avec l'air glacé en prime, le simple fait de respirer me fait mal aux poumons. Tentant de garder de l'avance sur ma panique grandissante, je ne m'arrête pas.

Si je m'égare, je n'aurai aucun moyen de contacter quelqu'un pour que l'on me vienne en aide. Ours et moi mourrons de froid avant que quiconque nous trouve.

J'avance, repoussant la neige de mes pieds. Je trébuche sur quelque chose d'enterré et m'étale de tout mon long. Mon visage s'enfonce dans près de cinquante centimètres de poudreuse glacée et mouillée. Ours revient auprès de moi et me lèche l'oreille pendant que je me remets péniblement debout.

Pas de temps à perdre. Nous devons continuer. Je cours encore plus vite, ce qui, bien sûr, signifie que je trébuche encore.

Et encore.

Mince, je crois que le froid commence à me rendre maladroite.

Je me remets à courir, mais je me rends compte que je viens de changer de direction… je suis les traces que je viens de créer, et non les anciennes.

Bordel de merde. Où sont les anciennes ?

Je tourne sur moi-même, la panique me comprimant la gorge. Un gémissement pitoyable s'échappe de ma bouche.

« Tout va bien, Ours, dis-je en marmonnant. On va s'en sortir, pas vrai ? Tu sais dans quelle direction est le chalet ? » Je parcours la zone des yeux à la recherche de quoi que ce soit de familier, mais une couche blanche recouvre tout le paysage. Je ne sais ni où nous sommes, ni de quelle direction nous sommes venus. Je fais une tentative : « Rentre à la maison, Ours. » Mais il se contente de pencher la tête et bat de la queue, où s'accrochent des glaçons, sans me comprendre.

J'essaie d'inspirer profondément, mais mes poumons rejettent l'air froid. Je peux y arriver. Je peux m'en sortir. En aval.

Nous devons descendre, n'est-ce pas ? Le sentier que nous avons emprunté était en légère montée, donc tant que nous descendons, nous devrions nous diriger dans la bonne direction.

Où est le fleuve ? Le trouver m'aiderait à savoir où nous sommes.

Le souci, c'est que tout de suite, il est difficile de déterminer où sont le haut et le bas de la montagne. Je distingue à peine ce qui se trouve à plus d'un mètre devant moi. Le vent tourbillonne en toutes sortes d'angles insensés, recouvrant mon visage de flocons. Je fais de mon mieux pour m'orienter et choisir la direction la plus logique. Je peux y arriver. Si nous continuons à marcher, nous finirons par atteindre la ville, le fleuve ou autre chose. Nous ne mourrons pas de froid, à moins de nous arrêter.

C'est idiot, mais je commence à entendre *Nage droit devant toi* dans ma tête, la chanson du *Monde de Némo*. Super. Exactement ce qu'il nous fallait : une chanson thème pour ce trek.

Une heure plus tard, je suis épuisée, mon jean est gelé contre mes jambes et je meurs de faim. J'appelle Ours et m'arrête pour sortir de la nourriture de mon sac à dos. Je mange une barre de céréales et lui en donne une. « On va se reposer une minute et on repart, d'accord, mon grand ? » Je m'adosse à un arbre. S'arrêter est si bon. C'est drôle, il ne fait plus aussi froid.

Je me laisse glisser pour m'asseoir. Bon Dieu, oui. J'ai simplement besoin de me reposer un petit moment. De me reposer et me réchauffer sous cet arbre. Le ciel se dégagera peut-être bientôt et retrouver notre chemin deviendra plus facile.

Ou alors la neige fondra…

Ours me pousse de son museau. Il lèche mon visage.

Puis aboie.

« Tout va bien, mon grand », dis-je, mâchant mes mots.

Je me sens soudain exténuée.

Je remarque à peine qu'Ours a commencé à aboyer, de plus en plus fort…

Une femelle. Une femelle dans la forêt, et je l'ai perdue.

Foutu chien.

Nous avons besoin de la femelle pour nos expériences. Nos si importants tests. Nous devons mesurer combien elle peut supporter la douleur afin de déterminer quels facteurs de stress déclenchent le changement.

Non, pas le changement.

Ces femelles ne changent pas.

Pourquoi ne changent-elles pas ?

Avec le bon facteur de stress, elles peuvent peut-être trouver leur animal intérieur. Avec suffisamment d'injections de sérum.

Tout comme le mien se manifeste dans des moments de danger ou de peur extrêmes.

Ou plutôt, il se manifeste partiellement.

Si j'avais pu effectuer assez de tests, si j'avais suffisamment de pratique, j'aurais peut-être appris à contrôler la bête sauvage en moi. La rage. La terreur.

J'ai besoin d'élaborer un sérum pour soigner mon animal. Pour que je puisse complètement me transformer.

C'est pour ça que je dois aider ces femmes. Leur faire passer plus de tests. Endurer davantage de douleur. Elles deviendront bientôt les animaux qu'elles rêvent d'être.

Bientôt, nous obtiendrons les résultats pour lesquels nous travaillons.

Caleb

Une tempête fait rage dehors. Mon ours devrait avoir envie de se rouler en boule et dormir, mais quelque chose me fait sortir du chalet. Le même mauvais pressentiment qu'hier, mais amplifié. Je perds peut-être la boule.

La possibilité est toujours présente. Je passe trop de temps sous ma forme d'ours. Mon raisonnement humain a été affecté. Mon self-control.

Une rafale de neige pique mon visage quand j'ouvre la porte. Bien que je sois sous ma forme humaine, je lève le nez en l'air et renifle. J'entends quelque chose. C'est faible, mais un chien aboie. Son aboiement a un timbre effrayé, que je remarque même à cette distance. Il s'agit d'un aboiement d'avertissement… d'urgence.

Merde.

Ma peau fourmille, le besoin de muter s'empare de moi. Mon ours veut se libérer au moindre signe de danger. C'est pour ça que je peux à peine fréquenter des humains, ces temps-ci.

Tout de suite, mon ours est sur les nerfs parce que je sais exactement quel chien aboie, et que découvrir pourquoi me terrifie. Je rentre prendre mes bottes, un manteau et un bonnet dans le chalet, puis ressors dans le blizzard.

« Continue d'aboyer, chien. J'arrive », dis-je tout haut. Tant qu'il continue, je devrais pouvoir les localiser. J'espère *leur* porter secours, et pas seulement à lui.

J'espère que c'est la tempête qui les menace, et non quelque chose… *quelqu'un* d'autre.

À mesure que j'imagine tout ce qui aurait pu mal tourner, mes longues foulées deviennent une course. La chaleur de la mutation est juste là, sous ma peau. J'ai envie de prendre ma forme d'ours pour parcourir la distance plus vite, mais je résiste. À moins que l'adorable scientifique se fasse attaquer, je ne lui serai pas utile sous ma forme animale.

Le souvenir du jour où j'ai trouvé les corps de Jen et Gretchen m'envahissant soudain, je manque de perdre le contrôle.

Pitié, non.

Que ça n'arrive plus.

Quand je m'approche, le chien me fonce dessus en grognant agressivement. Il s'arrête à mi-chemin entre elle et moi, s'assied et se remet à aboyer. Le pauvre animal ne sait pas s'il doit protéger sa maîtresse ou me guider jusqu'à elle. Entre le besoin de survivre et celui de venir en aide à sa propriétaire, son instinct perd les pédales.

Pauvre créature. Je l'ignore, montrant ma supériorité. Il geint lorsque je passe à côté de lui. Il a dû sentir mon odeur et comprendre que je ne suis pas humain. Du moins, pas complètement.

Je trouve la jeune scientifique avachie contre un arbre. Ses yeux sont ouverts, mais elle ne semble pas vraiment consciente. Elle est sans doute en hypothermie.

Seigneur.

Bon sang, que lui est-il arrivé ? Je hume l'air, mais ne détecte aucune odeur, à part la sienne et celle du chien.

Dès qu'elle sera remise sur pied, je vais la pencher sur mon genou et la punir d'être sortie par un jour pareil.

D'accord… cette pensée était bizarre.

Je ne ferais pas une chose de ce genre.

Avec n'importe quelle femelle.

… qui n'est pas ma compagne.

Bon Dieu, je vis depuis trop longtemps sur cette montagne. Je ne devrais pas être si affecté par la première femme qui passe dans le coin. Surtout une humaine.

Je me penche et soulève la scientifique du sol. Je commence par la tirer pour la mettre debout, puis me penche et la jette sur mon épaule.

Elle bredouille quelque chose d'incohérent, que

j'ignore. Elle est toujours en danger. Je dois la ramener à mon chalet et la réchauffer. Je voudrais bien courir, mais je crains qu'elle soit trop secouée. Ne voulant pas briser le cou fragile de l'humaine, je me contente donc d'allonger le pas.

Le chien court à côté de moi, il tente de bondir pour lécher le visage de sa maîtresse.

Quand nous atteignons mon chalet, même si je ne garde pas les chauffages au gaz allumés, la chaleur semble s'abattre sur nous.

L'humaine gémit alors que je la pose sur ses pieds. Je m'aperçois que je devrais dire quelque chose, des paroles rassurantes, mais j'ai oublié ce genre de mots depuis long-temps. Je ne parle quasiment à personne ces temps-ci. Et lorsque je le fais, ce ne sont pas des civilités. Être poli n'est pas mon genre. Ou papoter. Certainement pas être amical.

Réconforter quelqu'un n'est absolument pas dans mes cordes.

Je lui enlève son sac à dos et le laisse tomber derrière la porte. « Viens ici », dis-je en un grognement. Je la prends par le coude pour l'entraîner vers la salle de bains. Elle reste plantée là, confuse et docile, pendant que je remplis la baignoire d'eau tiède.

Je lui retire ses gants en cuir trempés, ouvre son manteau et le lui ôte. Elle écarquille légèrement les yeux, mais paraît incapable de parler pour le moment.

« On doit te réchauffer », dis-je en un grommellement. Je lui enlève son pull ainsi que le débardeur rose sexy qu'elle portait la nuit dernière.

Son soutien-gorge est également rose. J'ai beau faire de mon mieux pour ne pas regarder ses seins, merde, ils m'éblouissent lorsqu'ils apparaissent. D'un blanc crémeux, ils sont lourds et rebondissent. Des taches de rousseur sont saupoudrées au-dessus et entre eux.

Ses tétons… putain, ses tétons sont parfaits. Rosés comme des pêches et plus durs que des diamants.

Elle a la présence d'esprit de couvrir sa poitrine. Du moins, elle tente de le faire, mais ses doigts ne fonctionnent pas encore. Elle les lève vers son visage, comme s'ils étaient cassés, et dissimule ses mamelons dressés de ses avant-bras.

Après avoir retiré ses bottes, je déboutonne son jean. Elle me laisse faire sans bouger. Putain, je ne sais pas pourquoi elle n'a pas mis un pantalon de ski pour sortir par ce temps.

J'ignore pourquoi elle est sortie dans cette foutue tempête, tout court, mais je compte bien le découvrir.

Plus tard.

Quand elle pourra parler.

Son jean a gelé sur ses jambes. Je grimace lorsque je le décolle de sa peau rougie et irritée. Par le ciel, j'espère qu'elle n'a pas de gelures.

« T-tu es qui ? » parvient-elle à demander tandis que je lui enlève ses chaussettes en la maintenant par les hanches. Putain, heureusement, elles sont en laine. Ses orteils semblent toujours intacts.

« Le type qui t'a évité de mourir de froid. » C'est une réponse merdique, mais être grincheux est mon mode par défaut.

Quand j'essaie de baisser sa culotte en coton, également rose pâle, elle la retient. Ou plutôt tente de le faire.

« Comme tu veux, dis-je, agacé. Garde-la. » Du menton, je désigne la baignoire. « Entre là-dedans. »

Je la dirige vers la baignoire en la tenant par le coude. Elle crie de douleur lorsque son pied entre en contact avec l'eau. J'ai veillé à ce qu'elle ne soit pas trop chaude, mais je suis sûr qu'elle lui fait tout de même un mal de chien.

« Je sais. Ça fera mal quand le sang reviendra dans la

zone. Vas-y doucement. » *Voilà.* Je peux me montrer un tant soit peu courtois.

Ses mâchoires se contractent et elle s'appuie contre moi pour plonger son autre pied dans l'eau, respirant entre ses dents.

« Maintenant, assieds-toi. Je dois m'occuper de ton chien. »

Elle ouvre les yeux, paniquée. « Ours ? Où est Ours ? » Elle essaie de regarder derrière moi. Ce qui est mignon, parce que je suis bien trop large pour qu'elle y parvienne.

Son chien est juste derrière moi, à mes pieds. Il gémit doucement en entendant son nom.

« Il va bien ? »

Mon ours apprécie qu'elle s'inquiète davantage pour son chien qu'elle-même, mais je ne suis pas surpris. Je me doutais déjà qu'ils sont proches. Et qu'elle aime les animaux.

« Il a sauvé ta putain de vie.

— Ce n'est pas ce que j'ai demandé. » Elle se baisse dans la baignoire en claquant des dents, puis pousse un cri quand son derrière touche l'eau.

« Je ne sais pas. J'essaie d'abord de décongeler tes fesses.

— Charmant », marmonne-t-elle. Elle glapit et grimace en s'immergeant davantage.

Dès que je suis sûr qu'elle ne risque pas de se noyer, je prends une serviette et la drape autour de son chien. Ça n'a pas énormément d'effet, parce que son épaisse fourrure est emmêlée par des glaçons, qui n'ont pas encore fondu.

Merde.

Il me semble que j'ai un sèche-cheveux quelque part. Il appartenait à Jen, mais je l'ai gardé parce qu'il se révèle utile à l'occasion. Pas pour mes cheveux, mais pour des projets de réparation ; faire sécher de la colle ou du plâtre humide, par exemple. Je le trouve sous le lavabo et le branche.

« Chien », dis-je sévèrement. Il se recroqueville.

« Pourquoi est-ce que mon chien a peur de toi ? »

Je jette un coup d'œil en direction de l'humaine. Elle a toujours l'air sous le choc. À peine en vie. Confuse. Putain, ça me rend dingue, parce que de toute évidence, elle a failli y passer. Si je n'avais pas entendu son chien…

Je baisse les yeux vers la raison pour laquelle elle est toujours vivante. Il rentre sa queue entre ses jambes et baisse la tête en signe de soumission. « Parce qu'il me reconnaît comme un alpha », dis-je. *Et un putain d'ours noir géant.* Le pauvre animal doit avoir une trouille d'enfer, sachant à un certain niveau ce que je suis.

J'allume le sèche-cheveux, ce qui évite des questions supplémentaires. Le chien reste immobile et se laisse faire. Il se recroqueville face au bruit et au souffle d'air chaud. Je continue de le sécher jusqu'à ce que la neige ait fondu et qu'une odeur de fourrure mouillée empuantisse la salle de bains.

Je dois faire preuve d'un énorme effort pour éviter de regarder la scientifique nue dans ma baignoire. En fait, je ne sais pas pourquoi je suis resté dans la même pièce. Ma concentration est mise à rude épreuve. Je ne devrais *pas* mater ses seins généreux alors que sa vie est encore en danger. Merde… mes yeux sont sans doute d'un jaune brillant.

Je finis par regarder. Parce que, ouais, ces seins sont magnifiques. Je m'aperçois qu'elle ne reprend pas aussi vite des forces que je l'espérais.

Bien sûr, je ne connais rien aux humains, mais je ne pensais pas qu'elle claquerait encore des dents ou tremblerait toujours de la tête aux pieds.

Putain.

Mon ours s'agite, comme si la mort était un ennemi tangible contre lequel je pouvais la défendre. Je le repousse au fond de moi. Je ne peux pas réfléchir si des pensées animales me parasitent ; or j'ai besoin de le faire. Je dois trouver un moyen de sauver cette femelle.

J'abandonne le chien, dont la fourrure est à présent quasiment sèche, et m'approche de la baignoire.

« Sors. »

Elle ne bouge pas. Pas même ses yeux. Comme si elle était en état de choc.

Merde.

Je la saisis par les coudes et la soulève. De nouveau, je tente : « Allez, on sort. » J'ai besoin de son aide, sinon je devrais me résoudre à la jeter de nouveau sur mon épaule.

Elle reste immobile, frissonnante.

Bordel. Après avoir posé une serviette sur ses épaules, je passe un bras sous ses genoux et la porte comme un bébé. « On y va, princesse. On doit te réchauffer.

— J'ai f-f-f-froid, bégaie-t-elle en claquant des dents.

— J'ai remarqué. » Je l'emmène dans le salon, le chien sur mes talons. Je l'allonge sur le canapé et finis de la sécher, tapotant délicatement sa peau rouge vif malmenée par les éléments. Assis près du canapé, son chien encore humide n'en perd pas une miette. Il reste aux aguets, au cas où elle aurait besoin d'aide.

Et en effet, elle en a besoin. Cette humaine a besoin de soins médicaux. De se rendre à l'hôpital ou d'être examinée d'urgence. Putain, je n'en sais rien. Les métamorphes se régénèrent seuls, sans intervention d'un médecin.

Un sac de couchage !

Voilà ce qu'il me faut.

Je me souviens avoir entendu dire que c'est un bon moyen de réchauffer quelqu'un. L'enfermer dans un sac de couchage avec une autre personne. Hum, nus, préférablement.

Merde. *Je suis foutu.*

Je sens mon sexe durcir à la simple idée de me trouver peau contre peau avec la belle scientifique. Mon ours remue juste sous ma peau, nerveux. Il l'est toujours. Toujours prêt à se libérer en hurlant et à réduire quelque chose en pièces.

Surtout si une femelle est menacée.

Ce n'est même pas une ourse, ai-je envie de lui dire. *Calme-toi, putain.*

Il a peut-être perdu la tête, lui aussi. Nous sommes tous deux devenus fous. Moi, parce que j'ai passé trop de temps sous ma forme animale. Mon animal, à cause de trop de… putain, je n'en sais rien. Trop de douleur ? De chagrin ?

Je pose une couverture sur la femelle glacée, me maudissant de ne rien avoir de plus doux. Après avoir allumé un grand feu dans la cheminée, je sors un sac de couchage du placard et l'étale sur le tapis devant les flammes. Mon ours s'approche toujours de la surface, son agressivité embrouillant mes pensées. Les gens ne redoutent pas les mères ourses pour rien. Notre espèce est dotée d'un puissant instinct protecteur.

Il n'y a personne à tuer ici, débile. Et si tu ne te calmes pas, tu vas blesser la fille, putain.

L'humaine frissonne toujours sur mon canapé et ses dents s'entrechoquent. Une putain de fleur délicate. « Viens ici », dis-je d'un ton bourru en lui prenant les poignets pour la faire lever. « On doit te réchauffer. Entre dans ce sac de couchage. » Je le lui montre et la guide.

Elle se déplace comme un mannequin de bois, ses pas raides et mal coordonnés. Elle parvient à se glisser dans le duvet.

« Enlève ta culotte. »

Merde. Ce n'est pas rassurant.

Elle ne bouge pas.

J'aboie avec l'autorité d'un alpha : « Elle est mouillée et froide. Enlève ce foutu truc tout de suite. » Le chien m'entend et rentre sa queue de plus belle en baissant la tête.

Je ne m'attends pas réellement à ce qu'elle m'obéisse. Elle n'est pas métamorphe, pour commencer, donc elle ne réagira pas à l'ordre d'un alpha. Et de plus, elle ne me connaît pas. Un parfait inconnu lui ordonne d'enlever sa culotte. Aucun doute, cette demande pourrait être mal interprétée.

Après quelques instants, elle remue dans le sac de couchage, mais le mouvement semble l'épuiser. Elle s'immobilise, frissonnante.

Merde. J'ouvre le duvet et tire sa culotte vers le bas. Elle ouvre des yeux paniqués.

Je manque de muter sur place. Et ce n'est pas pour la protéger.

Apparemment, mon ours estime que cette humaine aux courbes généreuses a tout d'une ourse : mes dents s'aiguisent dans ma bouche comme s'il voulait la marquer d'une morsure.

Quel ours cinglé. Je dois le maîtriser, sinon je pourrais blesser cette fragile femelle par inadvertance. Je ferme les yeux, détournant la tête au cas où mes iris seraient devenus jaunes, et ravale un grondement animal. Par le ciel, être proche d'une femme nue, assez pour l'embrasser, fait toutes sortes de choses à la bête en moi.

Rendors-toi, l'ours.

La toucher, m'allonger à côté de son corps nu est la dernière chose que je devrais faire, étant donné le peu de contrôle que j'ai sur mon animal. Mais je n'ai pas le choix. Sa vie est toujours en danger.

Je me déshabille en gardant mon boxer et me glisse

auprès d'elle avant de remonter la fermeture éclair du sac de couchage. Son parfum emplit mes narines… des fraises chauffées par le soleil. De la glace à la vanille. De la chaleur explose le long de mes membres. Je m'efforce de calmer l'ours en respirant par bouffées mesurées. Je me concentre sur sa peau glacée contre la mienne, brûlante.

Je la tourne dos à moi et me colle contre elle. Elle se raidit, mais ne proteste pas. Je prie pour que mon intention soit claire : ce moment n'a rien de romantique. Je lui sauve la vie.

Du moins, putain, j'espère lui sauver la vie.

Son ample derrière repose contre mes cuisses. Son séduisant derrière *nu*. Rien ne se trouve entre ma bite et lui, à part un fin boxer.

Je réussis à détourner les hanches alors que mon sexe s'allonge. Des frissons brûlants parcourent mon échine et je ressens dans tout mon corps la douleur associée à la mutation.

Par le ciel, au mieux, je vais faire flipper la femelle si elle sent mon érection remuer contre ses fesses. Surtout parce qu'une bite d'ours… est énorme. Je ne me vante pas, j'exprime un simple fait. Au pire, nous pourrions avoir une attaque d'ours sur les bras.

Non, je ne lui ferais pas de mal. Mon ours n'attaquerait jamais une femme.

C'est ça, continue à te le répéter, murmure une voix au fond de ma tête. *Tu n'en es toujours pas sûr.*

La chaleur est insoutenable dans le sac de couchage. Je transpire comme un diable, mais je suis soulagé de sentir sa chair se réchauffer contre la mienne. Elle cesse de claquer des dents. Ses frissons s'apaisent.

La pauvre femelle, probablement épuisée par cette épreuve, s'endort paisiblement.

Je siffle doucement pour appeler son chien, qui fait les

cent pas autour de nous en me gardant à l'œil, et tapote le sol à côté de moi. Le loyal animal a certainement besoin de ma chaleur pour se réchauffer, lui aussi. Comprenant ce que je lui demande, il s'avance et s'allonge sur le ventre. Je le rapproche du duvet et lui présente mon flanc pour qu'il se colle contre moi.

Maintenant, il ne me reste plus qu'à trouver comment contenir mon ours et m'endormir malgré ma gaule d'enfer.

CHAPITRE QUATRE

Miranda

Je remarque tout d'abord un doux ronflement.

Juste à côté de mon oreille.

Puis je réalise que je crève de chaud. Je transpire, même. Et ma peau collante glisse contre celle, humide, de quelqu'un d'autre.

Oh, mon Dieu !

J'ouvre les yeux tandis que les souvenirs de mon sauvetage me reviennent.

L'homme bestial qui m'a jetée sur son épaule et ramenée dans son chalet est allongé près de moi, sur le dos. Ma tête est posée sur son bras et… oh, Seigneur, l'une de mes jambes est étendue sur lui. Comme si nous nous étions étreints après avoir couché ensemble, au lieu d'être de parfaits inconnus, à poil dans le même sac de couchage.

Il fait sombre dans le chalet. Seuls les premiers rayons du soleil matinal s'infiltrent par les fenêtres, mais un feu brûle toujours dans l'âtre, éclairant la pièce d'une vacillante lumière ambrée. Je lève la tête et fixe l'inconnu.

Il est massif. Son torse est musclé et des tatouages noirs décorent ses bras. Il a de hautes pommettes, des joues creusées et une barbe noire en broussaille, comme une espèce d'homme des bois.

Je ne sais pas si c'est son côté sauvage, son apparence redoutable et ses manières bourrues, ou le fait que son chalet soit isolé, mais une pointe de peur me traverse tout à coup.

Et s'il était le tueur en série ? Il kidnappe peut-être des femmes et les emmène ici.

Je dois sortir de ce sac de couchage. Et de ce chalet.

Au plus vite.

Bien sûr, la fermeture éclair du sac se trouve de l'autre côté.

Je décolle ma jambe du géant et commence à ramper pour m'extirper du duvet. Et c'est à ce moment que je vois l'autre bras de l'homme.

Son bras tatoué, celui qui ne fait pas office d'oreiller pour ma tête, est replié autour d'Ours de façon protectrice.

Je laisse échapper un soupir de soulagement... presque un rire.

Je me souviens soudain qu'il s'est servi d'un sèche-cheveux pour sécher mon meilleur ami.

Il ne peut pas être un tueur en série. Cet homme m'a non seulement sauvé la vie, mais également celle d'Ours.

Il aime probablement garder les femmes en vie pour les torturer, tente de me faire remarquer ma peur en un murmure. *Et les tueurs en série peuvent aimer les chiens, eux aussi.*

Le truc, c'est qu'il n'aime pas particulièrement les chiens. Je doute qu'il apprécie spécialement les humains non plus. Hier, il était maussade et réticent pendant qu'il m'aidait. Un tueur en série ferait-il preuve de réticence, si je suis là où il me veut ? Non, il fêterait ça.

Du moins, c'est ce que je me dis.

Ces considérations n'ont aucun rapport avec ma récente fascination pour son torse baraqué. Ou avec le fait que j'ai tout à coup encore plus intensément conscience de ma nudité. De l'humidité entre mes jambes. Mon corps réagit à la vue de ses muscles sculptés, à la proximité d'un homme nu. *Est-il nu ?*

Je jette un coup d'œil dans le sac de couchage.

Un boxer.

Et, hum, une gaule matinale.

Merde, sa bite est énorme !

Mes tétons se contractent et un lent battement débute entre mes cuisses.

Je ne sais pas quand j'ai déjà été aussi excitée. Bien sûr, je n'ai couché avec personne depuis longtemps. Très longtemps.

Trois ans, précisément, et c'était avec Will Carter, un autre étudiant qui m'a littéralement baisée. Il m'a utilisée pour que je l'aide à faire le tri dans ses recherches, puis plaquée dès qu'il a compris quoi faire.

C'est pour ça que je reste à distance des hommes. Et du sexe. Ou des relations amoureuses.

Observez le mâle de l'espèce, empoisonné par la testostérone. Stimulé par son instinct compétitif et antagoniste, il considère toute femme intelligente comme une menace…

Parce qu'être une femme travaillant dans le domaine scientifique m'a très bien appris une leçon : si je ne me protège pas, ainsi que mes recherches, je n'irai jamais nulle part et elles n'aboutiront jamais. Le sexe, les relations amoureuses, et même amicales… au bout du compte, ça fait foirer votre carrière.

Que mes quelques kilos en trop me fassent ressembler à une déesse de la fertilité plutôt qu'à une geek sérieuse n'aide pas. Et cet homme ici présent a eu l'occasion de tout voir hier soir, jusqu'au moindre gramme de chair.

Ma chatte se contracte, comme si elle soupçonnait qu'il a aimé ce qu'il a vu, bien que mon cerveau m'affirme le contraire.

C'est dingue, et ça ne me ressemble pas du tout, mais je baisse lentement le sac de couchage pour voir davantage son torse. Je me raconte que je désire simplement découvrir le reste de ses tatouages.

Les marques rituelles du mâle, signalant sa tolérance à la douleur et son non-conformisme aux idéaux conservateurs…

Bonjour, abdos en tablette de chocolat. Son corps est à la fois élancé et massif. Je suis tentée de toucher les boucles de sa barbe noire, mais je sais que ce serait aller trop loin.

Ours lève la tête et bat de la queue.

Je ne lui parle pas pour ne pas réveiller mon sauveur. Pas avant d'être sortie de ce sac de couchage et d'avoir trouvé des habits. Je continue mes dandinements ridicules, rampant pour sortir du duvet. L'homme grogne, plie le bras qui se trouvait sous ma tête, désormais au niveau de ma taille, et me capture.

Oh, mince.

Ma poitrine effleure à présent le sommet de son crâne et mon sexe est encore plus trempé après avoir senti sa force.

Je l'imagine utiliser cette force pour me maintenir, puis refermer ces lèvres sensuelles autour de mon mamelon.

Mon Dieu, quoi ? D'accord, je suis folle. Me maintenir ? Ce n'est certainement pas un fantasme que j'avais déjà eu. Je ne craque pas pour les hommes dominants et prétentieux qui pensent devoir prendre le contrôle, dans le couple comme au lit.

Dégueu.

J'essaie de continuer à sortir du sac, mais bien qu'il se soit remis à ronfler doucement, son bras se contracte autour de ma taille.

Quel genre d'homme étreint fermement une femme pendant son sommeil ?

Un tueur en série, souffle ma voix intérieure, préoccupante.

Je ne l'écoute pas. Non, elle se trompe. Un homme qui a l'habitude de dormir avec une femme.

Et je devrais trouver ça mignon, mais un nœud de jalousie me tord le ventre. Alors comme ça, ce type ramène régulièrement des femmes dans son chalet ? Qui sont-elles ? Des habitantes de la ville voisine ?

Bon, j'abandonne. Je vais devoir prendre le risque de le réveiller. Je meurs de faim et j'ai besoin d'aller aux toilettes. Je m'éclaircis la gorge.

Rien. Il ne remue même pas.

Je tente de repousser son bras autour de ma taille, mais il ne bouge pas. Je toussote de nouveau.

«Je, euh… je dois me lever», dis-je finalement à voix haute.

Il ne réagit toujours pas.

Ouah. Il dort profondément.

Ben, tant pis pour la politesse. Ce type doit me lâcher. Je pousse son bras et, m'efforçant de sortir du duvet, lui donne accidentellement un coup de coude dans les côtes.

Il grogne, secoue la tête, puis se tourne sur le flanc et se redresse sur un coude en un geste lent, mais fluide. Il cligne des yeux comme si je l'avais réveillé d'un sommeil de plomb. Ses yeux paraissent tout d'abord jaunes, mais ce doit être dû à un reflet du feu. Après qu'il a cligné des yeux, je m'aperçois qu'ils sont d'un brun très sombre. Presque noir.

Puis il les écarquille. Parce que, ouais. Une femme pulpeuse, à poil et à quatre pattes, se trouve à côté de sa tête. Je suis sûr qu'il peut se rincer l'œil. Après un rapide débat intérieur pour décider si je dois replonger dans le sac de couchage ou en sortir, je choisis la seconde option. Inutile de frotter ma nudité contre son torse nu… *Arrête, cerveau !* Je sors aussi vite que j'en suis capable, couvrant ma poitrine de mon avant-bras et mon sexe de l'autre main.

L'homme pousse un grondement animal et lève son bras musclé alors qu'il pivote pour prendre quelque chose derrière lui. Le feu se reflète de nouveau dans ses yeux, leur conférant un éclat bestial.

Une chemise en flanelle vert kaki vole dans ma direction et m'atterrit dans la figure. Je l'enfile, la boutonne rapidement et tire sur l'ourlet autant que possible. L'homme est imposant, mais je ne suis pas menue non plus. J'ai des rondeurs, comme je préfère le dire. Ça sonne mieux qu'être en surpoids. Je remplis la chemise et elle descend à peine sous mes fesses.

Mon visage est brûlant pendant qu'il me regarde de ses yeux sombres. Je me souviens qu'hier soir, il m'a portée hors de la salle de bains comme si je ne pesais rien. Comme si j'étais l'héroïne d'un film.

Je secoue la tête pour en déloger cette pensée de midinette.

« Hum, merci », dis-je en un marmonnement. Je recule quand il commence à s'extirper du sac de couchage.

Il se fige juste avant que ses hanches n'en émergent et remonte le tissu jusqu'à sa taille.

Je ne peux m'empêcher de regarder. La raison pour laquelle il n'est pas sorti est évidente.

Ouais. Le duvet forme une tente. Bon Dieu, le mât est immense.

Je me détourne pour lui laisser de l'intimité.

La salle de bains. Voilà ce dont j'ai besoin. Je regarde autour de moi. Hier soir, j'étais trop désorientée par le froid pour me souvenir de la disposition des pièces.

Je devais être en hypothermie.

Une nouvelle bouffée de gratitude m'emplit. Ours et moi serions morts sans cet homme. Dont je ne connais même pas le nom.

Je trouve les toilettes et urine rapidement. Mes vêtements sont toujours en tas par terre, là où il les a abandonnés hier. Je me souviens que ces grosses mains m'ont déshabillée. Ce n'était pas sexy — il était plus contrarié qu'autre chose. Mais à ce souvenir, mes tétons se dressent de nouveau. J'aimerais vraiment avoir une culotte à mettre. Ainsi, le tambourinement entre mes jambes ne serait pas si puissant.

Je ramasse mes habits, mais ils sont mouillés et couverts de terre. Merde. Je jette un rapide coup d'œil dans le miroir. Seigneur, j'ai une tête à faire peur ! Mes cheveux sont en pétard après être restés sous un bonnet toute la journée de la veille, puis avoir été collés toute la nuit contre le bras d'un homme. À l'aide de son peigne, je tire sur les nœuds. J'ouvre ensuite le placard de la salle de bains.

J'ai lu une statistique à propos des placards de salles de bains. Apparemment, près de cinquante pour cent des gens qui utilisent vos toilettes regarderont dans les placards. Je n'entre pas dans ce groupe, en temps normal, mais je fais une exception aujourd'hui. Il n'y a ni bain de bouche ni brosse à dents supplémentaire. Il n'y a vraiment pas grand-chose, à vrai dire. Juste l'essentiel pour un homme : du déodorant, du fil dentaire et de la vaseline, dont je badigeonne une noisette sur mes lèvres gercées.

J'emporte mon paquet de vêtements mouillés hors de la pièce.

L'homme des bois s'est levé et a mis son jean, ce qui lui donne étrangement l'air encore plus sexy. Entourés de jean, ses abdos en béton sont encore plus alléchants. Je me lèche les lèvres, une habitude nerveuse que je pensais avoir perdue il y a des années.

« Hum, merci. Tu sais, pour nous être venu en aide. Et, hum... » Je regarde le sac de couchage froissé par terre. « Pour m'avoir sauvé la vie. »

Il a cette étrange façon de rester parfaitement immobile. Il me regarde intensément, ses yeux si sombres qu'ils paraissent noirs, son expression indéchiffrable.

Sans répondre, il tourne les talons et va ouvrir la porte arrière, puis il siffle pour appeler Ours. La neige tombe toujours. Mon chien a apparemment décidé que cet homme est le chef. Il s'approche en trottant et s'arrête juste devant la porte, la queue entre les jambes.

« Dehors », grogne le type en poussant doucement Ours. Sa voix n'exprime aucune colère, mais elle est impossiblement ferme. Mon chien obéit tout de suite ; il saute dans une congère plus haute que lui et disparaît.

Je laisse échapper un petit cri. Il semble y avoir plus d'un mètre de neige.

Mince. J'imagine que je ne suis pas près de sortir d'ici. À moins que l'homme des bois possède des raquettes ou des skis que je pourrais emprunter, et qu'il m'indique la direction à suivre.

Ours fait rapidement son affaire, puis revient et grimpe les escaliers. Sa fourrure est couverte de neige. Il entre et se secoue, la faisant tomber sur le sol.

« Désolée », dis-je avec ironie.

L'homme des bois ne répond pas. Il se contente de jeter une serviette sur la neige et s'éloigne.

Je fais une nouvelle tentative : « Hum, tu as une machine à laver ? »

Il se retourne sans parler.

J'étouffe un cri lorsqu'il m'arrache les vêtements des mains. Il ouvre le tambour de la machine à laver, qui se trouve juste à côté de nous, près de la porte arrière. Je n'avais pas remarqué la machine et le sèche-linge, masqués par de l'ébénisterie. Il fourre mes habits à l'intérieur du lave-linge et lance un programme.

Quand il se retourne, son regard se pose sur mes lèvres, sur lesquelles je viens d'appliquer de la vaseline.

Je pique un fard. J'imagine qu'il a compris que j'ai fouiné dans son placard. Ses yeux descendent le long de mon corps, puis s'arrêtent sur mes jambes nues. « T'as froid ? » grommelle-t-il. Sa voix est grave et aussi bourrue que dans mon souvenir. Elle est aussi étrangement plaisante. Mon corps fourmille en réaction. « Je peux te donner un jogging. »

Je n'ai pas froid, le feu ayant agréablement réchauffé le chalet, mais j'ai très envie d'un pantalon. Je me lèche de nouveau mes lèvres — *bon sang, je dois perdre cette habitude !* — et hoche la tête. « Je… oui. J'aimerais bien, merci. »

Il s'éloigne sans un mot de plus. Si je n'étais pas si gênée de m'être réveillée collée à cet homme *nu*, j'apprécierais peut-être son laconisme. En l'état actuel, je donnerais n'importe quoi pour une conversation normale. Un bavardage pour me mettre à l'aise, du genre : « Je m'appelle Joe La Montagne, tu l'as échappé belle hier, hein ? Comment tu te sens ? Je peux te préparer un petit-déjeuner ? »

Mais alors que j'imagine ce scénario, je m'aperçois que ça ressemble trop à ce que dirait un tueur en série. Tant que ce type reste revêche, ça signifie probablement qu'il n'a pas prévu de me découper en morceaux avant de m'enterrer dans sa cave.

N'est-ce pas ?

〜

Caleb

Je n'arrive pas à réfléchir à cause de la femme bandante dans mon salon.

Savoir que sa chatte est présentement nue me fait un effet viscéral. Mon ours s'est réveillé sacrément vite dès que j'ai ouvert les yeux et découvert sa cuisse devant mon nez. C'est un miracle que je n'aie pas muté sur-le-champ.

Et son odeur : celle du désir.

Je ne comprends pas pourquoi elle était excitée. Je croyais qu'elle serait terrifiée en se réveillant nue dans le sac de couchage d'un inconnu. Et je pense qu'elle l'était. Mais elle était également excitée.

Je n'aurais jamais pensé qu'une humaine puisse sentir si bon. Je ne m'attendais certainement pas à être à ce point affecté par le parfum d'une autre femelle. Normalement, les ours ne s'unissent pas pour la vie, mais celui-ci l'a fait.

La réaction de mon corps — et de mon ours — me perturbe. J'ai l'impression de trahir le souvenir de Jen.

C'est pourquoi je reste dans ma chambre bien plus de temps qu'il ne m'en faut pour prendre un jogging, en m'efforçant de ne pas me demander comment il lui ira. Je prends mon temps. Je passe un T-shirt, puis fais les cent pas dans la pièce.

Maudite femelle pulpeuse, elle interfère avec ma solitude !

Quand je reviens dans le salon, je lui lance le jogging et m'oblige à ne pas regarder comment ses seins, qui ne sont pas confinés dans un soutien-gorge, étirent la flanelle de la chemise. Comment les pointes dressées de ses tétons saillent. Je suis soudain ébranlé par une vision : je fais rebondir cette lourde poitrine de toutes sortes de manières tandis que je la pilonne dans différents angles. Mon ours gronde contre la cage de mon humanité.

Arrête !

Putain, qu'est-ce qui ne tourne pas rond chez moi ?

Je me dirige vers la kitchenette pour nous trouver de quoi manger. Je crève la dalle, et je parie qu'elle aussi. De la nourriture calmera l'ours.

« Comment tu t'appelles ? » Sa voix est tout d'abord tremblante, mais se termine sur une note assurée, comme si l'humaine se forçait à être sûre d'elle.

« Caleb. » Je n'ose pas la regarder. Pas alors que je ne pense qu'à faire danser ses seins. J'ouvre le réfrigérateur et en sors deux paquets de bacon, des œufs, du lait et du beurre.

« Moi, c'est Miranda. » Sa voix est musicale à mes oreilles. Son prénom est une putain de chanson. Je ne peux m'empêcher de la regarder du coin de l'œil.

Merde, elle est sublime. Sa chevelure auburn se déploie en mèches emmêlées sur ses épaules. Ses yeux sont verts et je distingue à peine ses cils, de la même couleur que ses cheveux. Son expression gênée me pousse à me retourner rapidement.

J'allume deux brûleurs à gaz et mets des poêles sur le feu avant de sortir un saladier et un paquet de préparation pour pancakes. « Juste Miranda ? Pas docteur quelque chose ? » Par le ciel, suis-je en train de papoter ?

Ça ne me ressemble pas du tout. Je ne parle pas beaucoup. À personne. Et surtout, je ne lance pas de conversations inutiles pour mettre les gens à l'aise.

Apparemment, c'est désormais le cas.

Elle laisse échapper un rire surpris. Le son détend instantanément mon ours. « Eh bien, j'ai un doctorat. Mais personne ne m'appelle comme ça. » Son ton devient soupçonneux. « Qu'est-ce qui t'a fait penser que je suis diplômée ?

— Le labo de recherche, dis-je en grognant. Je t'ai vue y monter hier. »

Ce n'est pas un mensonge.

J'omets de préciser que j'ai frotté mon nez contre sa fenêtre pour la mater pendant qu'elle se pavanait dans son petit débardeur.

Je place le bacon dans la poêle, puis casse six œufs dans un bol pour préparer une grosse pile de pancakes.

« Pourquoi ne pas utiliser le titre ? J'imagine que tu as travaillé dur pour l'obtenir. » Je me risque à lui jeter un autre coup d'œil par-dessus mon épaule.

Merde. Elle n'est pas moins séduisante dans mon jogging. Ses hanches larges et son cul rebondi le remplissent. Il est trop long pour elle, bien sûr, mais elle l'a retroussé et a enroulé la ceinture jusqu'à ce qu'il tienne sur ses hanches. Putain, qu'elle est belle.

À ces mots, de la surprise passe sur son visage. Je ne sais même pas pourquoi j'ai dit ça, mais j'ai l'impression qu'elle ne demande pas assez de respect de la part des personnes qui l'entourent.

« Je n'aime pas être prétentieuse, explique-t-elle avec une expression triste. Même si je suppose que tous les hommes de mon département insistent pour qu'on les appelle *docteur*.

— C'est quoi, ce département ? »

Ce jour est à marquer d'une pierre blanche. Je n'ai jamais discuté autant en trois ans.

Le bacon commence à grésiller pendant que je prépare la pâte pour les pancakes et sors un sachet de myrtilles sauvages du congélateur.

« L'écologie. Il y a beaucoup de myrtilles dans ton congélateur. » Sa voix est proche, comme si elle était entrée dans la cuisine. Enfin, techniquement, tout se trouve dans la même pièce, cuisine, salle à manger et salon. Le chalet comporte une pièce principale, deux chambres et une salle de bains. Je l'ai construit moi-même pour ma compagne.

Elle ouvre mon congélateur. La voir dans ma cuisine —

dans l'espace que Jen occupait — me hérisse, mais j'ai ensuite un autre problème sur les bras.

«Ouah! De la truite et des myrtilles, donc. Tu ne manges rien d'autre?»

Je grimace intérieurement. Mon congélateur est plein à craquer de nourriture d'ours. Ça paraît sans doute bizarre à une humaine.

«Je mange du bacon. Et des pancakes», dis-je entre mes dents en les retournant. Puis, pour la détourner du sujet, j'ajoute: «Comment tu te sens, aujourd'hui? Pas de douleur ou d'engourdissement dans tes doigts ou tes orteils? Tes oreilles? Le bout du nez?» Je n'ai rien remarqué qui ressemble à des engelures hier soir, mais j'étais pressé de la faire entrer dans le duvet pour la réchauffer. Ce n'est pas comme si je l'avais examinée minutieusement.

Et cette pensée ne devrait pas me donner une gaule lancinante, mais c'est le cas.

Mes narines s'évasent et je pivote mes hanches pour les éloigner d'elle afin qu'elle ne remarque pas l'effet qu'elle produit sur moi.

«Hum, non. Je pense que ça va. Grâce à toi.»

Sa gratitude incertaine fait naître une surprenante chaleur dans ma poitrine. Ce qui est débile. Je ne m'attendais certainement pas à ce qu'elle me remercie, et n'en avais pas envie.

«Je ne vais même pas te demander ce que tu foutais dehors, parce que je suis quasiment sûr que ta réponse me donnera envie de te filer une fessée.»

Elle inspire brusquement.

Oh, putain. Je n'aurais pas dû dire ça.

Je lui tourne le dos, retourne le bacon, empile les pancakes sur une assiette et en lance un à son chien. Par-dessus l'odeur de la nourriture, je décèle le parfum de Miranda.

Ce doux désir.

Merde, je suis foutu.

Sérieusement ? Mon commentaire l'excite ? Je n'avais pas besoin de le savoir.

Vraiment pas.

Parce que maintenant, je n'arrive pas à cesser de penser à quel point j'adorerais la coucher sur mes genoux et faire rougir son cul pour la punir d'avoir failli mourir de froid.

« C'était totalement inapproprié. » Sa voix est étranglée.

Je ne suis pas un connard au point de ne pas me retourner vers elle. Ses joues sont roses, son regard intense. La façon dont sa poitrine se soulève et retombe trop rapidement me fait penser que j'aimerais l'essouffler d'autres manières.

« Tu as raison. Je suis un con. Et je ne reçois pas souvent du monde. Je suis un peu rouillé pour savoir quoi dire à une femme que j'ai déshabillée sans la baiser. »

Oh, par le ciel ! Je suis vraiment en train de m'enfoncer.

L'odeur de son désir s'amplifie. « D'accord, tu ferais probablement mieux d'arrêter avant que ça empire. » Je suis surpris de sentir le coin de ma bouche se soulever.

Ma bite s'allonge le long de ma jambe.

« Qui es-tu ? » demande-t-elle soudain, comme si elle sentait ma différence. Que je suis une espèce entièrement différente de la sienne.

Je me tourne de nouveau vers la cuisinière, verse trois cercles de pâte dans la poêle, puis ajoute des myrtilles congelées. « Personne. »

Évidemment, ça a l'air totalement louche. Le parfum

de son désir disparaît, remplacé par celui, métallique, de sa peur.

On lui a sans doute parlé de la femme qui a disparu par ici. Me prend-elle pour le kidnappeur ?

Je me creuse les méninges pour trouver quelque chose à dire pour la rassurer, mais rien ne me vient. Je ne peux que continuer à préparer le petit-déjeuner et la fermer. Je lance une cafetière, puis sors la première portion de bacon de la poêle et en mets une autre à cuire. « Tiens. » Je pose l'assiette pleine de pancakes et une autre, chargée de bacon, sur la petite table placée sous la fenêtre. Fenêtre qui est à moitié recouverte par une congère. Son chien me suit de près, ses yeux suppliants braqués sur moi.

« Tu dois avoir faim. » Je fais glisser l'assiette de beurre sur la table, accompagnée du pot de miel.

Elle reste près de la table pendant que je sers du café. Sa nervosité me donne envie d'hiberner de nouveau. C'est ma réaction par défaut face à tout ce qui nécessite de l'émotion. Ou de l'effort. Ou la moindre étincelle de vie.

Je lui donne une assiette et une fourchette, puis désigne du menton une chaise autour de la table. Elle prend le tout sans rien dire et s'assied. Je lance un morceau de bacon au chien, m'installe en face d'elle et recouvre ma pile de pancakes de miel.

Elle m'observe d'un air dubitatif. « Tu es un bec sucré, hein ? »

Je regarde le volume de miel sur mes pancakes avant de prendre une énorme bouchée. C'est beaucoup, j'imagine. Je hausse les épaules. « Il faut croire, dis-je, la bouche pleine. J'aime le miel. »

Il me semble déceler de l'amusement dans son expression, mais nous mangeons en silence. Qu'elle aime ou non la nourriture ne devrait pas me préoccuper, pourtant mon ours est bêtement satisfait de la voir finir son assiette et se resservir.

« Bon, et maintenant ? Je suppose que tu n'as pas de motoneige ? Ou un autre moyen de transport pour que je puisse rentrer au labo de recherche ? »

Je me lève pour sortir la seconde poêlée de bacon du feu et la pose sur la table. « Docteur M., tu n'iras nulle part. »

CHAPITRE CINQ

Miranda

Deux pensées tournent en même temps dans ma tête. La première : il m'a appelée *docteur*, ce qui est un gage de respect, voire d'admiration. Mais la deuxième est : il vient de sous-entendre que je n'ai pas le choix sur la question de savoir si je partirai ou non.

C'est sur cette seconde pensée que je bute. « Pardon ? » La féministe en moi se réveille, prête à me défendre contre un homme de plus qui pense pouvoir me contrôler.

Caleb, l'homme des bois maussade et baraqué, hausse un sourcil sans me quitter des yeux. « Tu m'as entendu. » Il prend une bouchée de bacon. Par *bouchée*, je veux dire qu'il avale la moitié de trois tranches d'un coup, puis les mâche lentement tout en me décochant un regard noir.

J'essaie d'interpréter ses mots. Après tout, j'imagine que je ne peux pas partir, c'est évident. C'est probablement ce qu'il dit. Mais je n'aime pas la façon dont il l'a formulé. Soit c'est un connard autoritaire, soit le tueur psychopathe, qui prévoit de me garder ici et de m'enterrer dans la cave.

Bon, je ne pense pas que le chalet comporte une cave. Dans le jardin, dans ce cas.

« Tu dis que je ne peux pas partir ?

— Ouais. C'est ce que je dis. »

Je plisse les yeux. « Tu comptes essayer de m'en empêcher ?

— Bien sûr. Tu sais pourquoi ? Parce que même si tu arrives à parcourir plus de trois mètres dans les congères qui t'arrivent déjà à la poitrine, ce dont je doute fortement, la piste est couverte de neige et tu ne connais pas la route. Tu tomberas peut-être dans un fossé et cette fois, tu te retrouveras avec des engelures. Et je devrai ressortir dans le froid pour te ramener. » À la fin de sa longue tirade, il boit une gorgée de café.

Je croise les bras. Il n'a pas tort. Je n'ai simplement pas envie d'être coincée des jours dans un chalet isolé avec M. Grincheux. Même s'il se trouve que M. Grincheux est également M. Grand Brun Barbu Tatoué, avec un côté homme des montagnes sexy. *Surtout* à cause de ça.

« Très bien. Je n'irai nulle part. Mais pour info, je n'ai pas choisi d'être bloquée ici avec toi.

— On est deux. » Il me foudroie des yeux derrière sa tasse. « Putain, qu'est-ce qui t'a pris de monter jusqu'ici par ce temps, au fait ?

— Je ne pensais pas que ce serait si terrible, dis-je entre mes dents. Et il ne neigeait pas quand je suis sortie du chalet hier. La tempête a éclaté soudainement et j'ai perdu mes repères. Je ne suis pas idiote. » Je me lève et vais poser nos assiettes vides dans l'évier.

« Je n'ai jamais pensé que tu l'étais, docteur M. » Il met l'accent sur *docteur*. Se moque-t-il de moi ?

« J'ai une date-butoir à respecter. J'ai besoin de ces données, c'est important. » Ne voyant pas de lave-vaisselle, je commence à rincer les assiettes à la main et les pose sur l'égouttoir.

« Pas au point de perdre la vie », marmonne-t-il. Je jette un coup d'œil par-dessus mon épaule. Quelque chose dans son expression me rappelle l'air suffisant du Dr Alogore et de mes collègues.

« Tu sais quoi ? Laisse tomber. Tu ne comprendrais pas.

— Qu'est-ce que c'est censé vouloir dire ? » Une lueur jaune illumine ses yeux noirs. Génial, je l'ai contrarié. Ce n'est probablement pas la meilleure idée, mais l'énerver me procure une bonne dose de satisfaction. J'ai l'impression qu'il n'a pas parlé depuis un bon bout de temps, et encore moins débattu avec quelqu'un. Enfin, c'est plus ou moins ce qu'il a dit, non ? « Je ne suis pas idiot non plus, mon cœur.

— Ne m'appelle pas *mon cœur*, s'il te plaît. »

Il hausse les épaules. « Tu es dans mon chalet. Tu devras supporter mes façons de faire. Ce n'était pas mal intentionné.

— C'est condescendant.

— C'est quoi ton problème, ma petite dame ? »

Cette dénomination ne me plaît pas non plus. « Tu veux savoir ? dis-je en levant les mains. Tu veux savoir quel est mon problème ? Mon problème, c'est que tous les hommes que je rencontre essaient de me dire quoi faire. Ils me traitent comme un paillasson et me marchent dessus. J'ai une info pour toi, mon petit pote. » Ma voix commence à prendre du volume. « Vous pensez être sortis de la cuisse de Jupiter, que les femmes ne sont là que pour flatter vos égos, vous sucer la bite et, je ne sais pas, se faire reluquer. Mais c'est faux. Nous ne sommes pas à votre disposition. »

Caleb me fixe comme si j'étais une oie agressive. Ce que je suis, j'imagine. C'est bizarre, mais ça me fait du bien de dire ma façon de penser à un homme, pour changer. Je ne peux jamais le faire au labo, puisque les hommes dominent le monde scientifique. Un seul mot de travers et tous les bons postes vous passeront éternellement sous le nez.

« Je ne sais pas ce qu'un homme t'a fait, mais ce n'est pas une raison pour te défouler sur moi. »

Après avoir terminé la vaisselle, je m'affale sur une chaise. « Tu as raison. Je suis désolée. Je suis juste frustrée d'être coincée ici sans mon ordinateur. J'ai tellement à faire, sans aucun moyen d'avancer. » Ours s'approche et me lèche la main.

« Et moi, je préférerais faire la sieste sur le canapé. Mais on est bloqués ensemble, donc autant s'en accommoder. »

Je me lève d'un bond quand la machine à laver bipe, reconnaissante d'avoir quelque chose à faire. N'importe quoi. Je fourre mes habits dans le séchoir et lance le programme.

Tout ce chalet est rangé et propre. Bien entretenu. Il est simple et rustique, mais pas totalement dénué de confort. Par exemple, j'ai remarqué un broyeur dans l'évier. Et des ventilateurs de plafond dans l'espace salon.

Observez l'homme des bois rustique dans son habitat naturel…

Je m'éclaircis la gorge. « Tu penses qu'il neigera toute la journée ?

— C'est possible, répond Caleb en regardant par la fenêtre. Quoi qu'il en soit, tu ne partiras pas. À mon avis, tu devras passer au moins encore une nuit ici. Peut-être deux, si la neige ne se calme pas. » Du menton, il désigne ce qui doit être la direction des chambres. « Tu peux prendre la chambre sur la gauche. Il y a des draps dans le premier tiroir de la commode.

— Merci. » Je regrette de m'être emportée. Il est étrange que je me sois sentie assez à l'aise pour être aussi sèche avec un inconnu. C'est peut-être à cause de la nuit que nous avons passée ensemble. «J'apprécie ton hospitalité. Je ne voulais pas… »

Il me coupe d'un geste de la main. « Te fatigue pas. Je n'ai pas besoin que tu t'excuses. J'ai des manières de merde. »

Eh bien. Sa réponse ne devrait pas faire naître de la chaleur et une certaine fébrilité dans mon ventre. Je ne sais pas du tout pourquoi je suis si attirée par cet homme.

Je vais faire le lit dans la chambre. Les murs sont lavande. Un lit simple est placé contre un mur, son matelas nu. Je trouve des draps dans la commode, comme il me l'a dit. Des draps avec un imprimé fleuri.

Caleb ne me semble certainement pas du genre à peindre ses murs en mauve ou à posséder des draps à fleurs. Même pas pour sa chambre d'amis. Alors, qui a acheté ces draps ? Se trouvaient-ils déjà dans le chalet ? Peut-être qu'il le loue et qu'ils étaient fournis par son propriétaire. Pourtant, je suis presque certaine que cet endroit lui appartient. Il lui correspond si bien…

Je fais le lit et ajoute la couette que j'ai trouvée pliée dans le placard, également décorée de fleurs aux couleurs vives. Je devrais rester dans cette chambre pour le laisser tranquille. Le chalet est petit et il n'a pas demandé à avoir une invitée, après tout.

Mais il fait plus froid dans cette pièce. Il n'y a pas de feu. Et rien à faire.

Oh, de qui est-ce que je me moque ? Il n'y a pas Caleb. Et je suis attirée par cet homme comme un ours par le miel.

Je repars dans la pièce principale, me souvenant tout à coup que mon iPad et mes échantillons d'anneaux de croissance doivent se trouver dans mon sac à dos. Comme ça, je pourrai travailler.

« Caleb ? »

Il sursaute et j'étouffe un rire. En l'espace des quelques minutes que j'ai passées hors de la pièce, ce type s'est assoupi. J'imagine qu'il a mal dormi la nuit dernière, quand j'étais plaquée contre lui.

« J'avais un sac à dos quand tu m'as trouvée ?

— Euh, oui. » Il se frotte le visage et se lève. Ses longues jambes puissantes se déplient, et il parvient à rendre le mouvement gracieux en dépit de sa taille et du canapé bas. Il récupère mon sac à dos, posé derrière la porte d'entrée. « Tiens.

— Dieu merci, dis-je à voix basse, surtout à moi-même. Je peux commencer à dresser un inventaire. »

∾

Caleb

Merde, cette femme va me rendre taré. Et pas seulement parce qu'elle est chiante… ce qu'elle est. Plutôt parce qu'être enfermé avec elle dans ce petit espace rend mon ours paillard.

Idéalement, je pourrais aller dans ma chambre, fermer la porte et dormir jusqu'à ce qu'il soit temps pour elle de partir. Mais les humains n'hibernant pas, elle trouverait ça bizarre. En plus, elle n'arrête pas de me réveiller pour des conneries.

Elle passe à côté de moi en marmonnant dans sa barbe : « Le mâle de l'espèce ne maîtrise que les compétences personnelles essentielles. Les techniques de nidification plus avancées sont laissées à la femelle, qui créera un environnement épanouissant pour sa progéniture…

— Putain, quoi ? » Elle fait volte-face, les joues rouges.

Ses lèvres remuent, elle est sur le point de s'excuser.

« Comment ? Hum, j'ai parlé tout haut ? Désolée, je me divertis en faisant semblant de commenter un documentaire. C'est juste un jeu stupide. »

Merde, son visage est tellement mignon. Avec ses joues rosies et ses lèvres entrouvertes, on dirait qu'elle vient de prendre son pied.

Non. Non. Non. Ne pense pas à ça…

Je secoue les mains et montre l'autre côté du chalet. « Juste… reste là-bas. »

Super. Ce n'est pas très accueillant.

Elle s'éloigne à pas lourds en maugréant un truc du genre : « De longues périodes d'isolation peuvent entraîner une perte du savoir-vivre élémentaire et de la maîtrise des interactions sociales… »

Je suis reconnaissant lorsqu'elle se tait, mais rien ne m'aide à oublier sa présence. L'avoir ici est une forme spéciale de torture. Je ne peux pas rester sans rien faire alors qu'elle occupe mon espace. Son parfum de glace à la vanille et de fraise me chatouille le nez. Ses convictions féministes me tapent sur les nerfs. Son corps pulpeux semble totalement prêt à se faire pilonner. Mon ours donne des coups de griffe pour monter à la surface, si vite que ma vue change. Je cligne rapidement des yeux pour le repousser au fond de moi.

Merde ! Arrête de penser à la baiser.

Arrête. De. Penser.

Je devrais peut-être aller me branler dans ma chambre. Juste pour relâcher la pression. Favorable à cette idée, mon sexe tressaute contre mon jean.

Mais le chalet est si silencieux qu'elle m'entendrait probablement.

Seigneur, pourquoi est-ce que je ne possède pas de télévision ? Une radio ? N'importe quoi, pour créer une distance confortable entre cette humaine et moi ?

CHAPITRE SIX

Miranda

CALEB SOMNOLE derrière un *National Geographic* avec des grizzlys sur la couverture la majeure partie de la matinée. Il ne bouge pas du canapé avant l'heure du repas. Il nous prépare alors des sandwichs à la dinde, qu'il sert avec un saladier empli d'un mélange de noix.

Je l'aide à nettoyer la cuisine, puis m'assieds et dresse la liste des quelques échantillons de cernes que j'ai récoltés. Une fois que j'ai terminé, je prends des notes pour mes recherches sur la tablette, puis passe quelques heures à revoir un projet que j'ai également sauvegardé sur l'appareil. Il n'y a pas de Wi-Fi, et mon téléphone portable ne fonctionnant pas, je ne peux ni consulter mes emails ni m'occuper de ma correspondance professionnelle.

Lorsque j'ai épuisé toutes les tâches dont je peux m'acquitter sans mon ordinateur, j'éteins la tablette.

« Bon, je n'ai plus rien à faire, dis-je, même si Caleb n'est pas très porté sur la conversation. Je n'arrive pas à croire que tu n'as aucun jeu. Un paquet de cartes. Un puzzle. Quelque chose. N'importe quoi. »

Je m'approche de la fenêtre et appuie mon visage contre la vitre. Bien que j'aie failli mourir de froid hier, je trouve la neige belle.

« Un Trivial Pursuit ? » Je pose la question d'un ton plein d'espoir, mais je connais déjà la réponse. « C'est mon jeu préféré. » Je blablate, mais le silence commence à me perturber. « Mon dernier petit ami détestait y jouer avec moi parce que je gagnais toujours. Tu y as déjà joué ?

— Non.

— D'après mon ex, apprendre tous ces faits inutiles était une perte de temps, mais je pense juste qu'il était mauvais perdant. » Je me détourne de la fenêtre et recommence à faire les cent pas. Curieusement, bien que son chalet soit confortable, il ne contient presque aucun effet personnel. Des tapis couvrent le sol et les murs sont peints de jolies couleurs, un vert pomme et un jaune joyeux. Le décor ne colle pas trop avec un homme des bois ronchon.

Mais sous d'autres aspects, il semble parfaitement lui correspondre. Des placards personnalisés, qui ont peut-être été découpés et gravés à la main. Un superbe bloc de bois de rose poli transformé en table basse. Les a-t-il fabriqués ? Il m'a l'air d'un homme qui travaille de ses mains.

Je leur jette un coup d'œil. De très grandes mains calleuses.

Je frissonne, me souvenant que ces mains m'ont déshabillée et délicatement plongée dans une baignoire d'eau tiède hier soir. Comment ce serait de me faire caresser par ces mains ?

Ou même… d'être maintenue. Malmenée. Brutalement baisée. Ouais, pas par ces mains, mais par cet homme. Ouah. Je n'arrive pas à croire que j'ai ces pensées.

Les habitudes de reproduction de l'espèce humaine. Le mâle fait le fier et roule des mécaniques. Il nourrit la femelle et prend soin d'elle, prouvant qu'il sera un compagnon convenable, capable de subvenir aux besoins de leur progéniture. La femelle fait mine de ne pas le remarquer, mais ce n'est qu'une question de temps avant qu'elle trouve une excuse pour effleurer son gros sexe qui grandit. La danse d'accouplement qui en résulte se traduit par une fornication sur le canapé, au sol, sur la table de la cuisine…

Ah ! Mon faux documentaire vire au porno. « Sexe torride au chalet : une innocente chercheuse secourue par un montagnard témoigne sa gratitude ». Ce genre de vidéo me ferait carrément prendre mon pied. Surtout si Caleb tient le rôle principal.

Je passe une main sur mon visage en feu. Se geler et manquer de mourir dans les bois stimule peut-être la production d'hormones en d'épiques proportions.

Caleb me regarde d'un air mauvais depuis son fauteuil. Couché à ses pieds, Ours me fixe sans bouger. C'est bizarre, mon chien semble penser qu'il est devenu son maître. J'imagine qu'il est lui aussi un enfoiré de sexiste ; il s'en remet à l'homme dans la pièce. Traître.

« Allez, dis-je en tapant dans mes mains. Jouons à un jeu.

— Non.

— Action ou vérité ?

— Je passe. »

J'insiste, implorante. « S'il te plaît. Que va-t-on faire d'autre ? »

Caleb marmonne quelque chose qui ressemble suspicieusement à *Je pensais qu'une grosse tête scientifique serait plus silencieuse.*

Je le regarde en plissant le nez. « Soit on joue à quelque chose, soit je te parle de mes recherches.

— Non.

— Mon projet actuel concerne les effets du changement climatique sur les arbres du Nouveau-Mexique. J'utilise des échantillons de pins ponderosa pour comprendre ce qui s'est passé au cours du dernier siècle, et avant. »

Caleb grogne.

Je sais que ça ne l'intéresse pas vraiment, mais puisqu'il m'a provoquée avec son commentaire, je ne peux me retenir de me venger. Je commence à lui expliquer les détails de ma recherche subventionnée. « En gros, j'ai délimité une zone autour du labo et je dois récolter un échantillon de chaque arbre qui se trouve dans celle-ci. J'ai commencé à l'automne dernier, mais la zone s'est révélée trop réduite, alors je suis revenue rassembler plus d'échantillons. »

Caleb serre ses lèvres sensuelles, mais ne détourne pas les yeux. Il me regarde fixement, avec une troublante intensité animale.

Je continue tout de même. « Mes recherches préliminaires révèlent un effet significatif sur les arbres. Quand je les comparerai à mes recherches sur les pins à écorce blanche, je devrais avoir des preuves concrètes. Surtout avec le pin à écorce blanche. Il s'agit d'une espèce capitale dans le Colorado et le Wyoming. Son déclin a un effet direct sur la vie sauvage, surtout les ours bruns, qui se nourrissent beaucoup de leurs pignons. »

Sans que je sache pourquoi, Caleb paraît trouver cette information intéressante. Penchant la tête, il ouvre la bouche et semble sur le point de dire quelque chose, puis il la secoue, entraînant sa barbe, comme s'il avait changé d'avis. « Alors, que t'ont fait ces hommes ?

— Comment ? Quels hommes ? » Je regarde autour de moi, à la recherche d'hommes imaginaires.

« Ceux dont tu as parlé tout à l'heure. Ceux qui te traitent comme une moins que rien », répond-il en fronçant les sourcils. Il serre les poings. Si le Dr Alogore ou un membre de sa brigade à Dockers était ici, il ferait pâle figure à côté de la perfection physique de Caleb. Cette pensée me procure un plaisir pervers.

« Peu importe, dis-je en secouant la main. Ils ne sont pas importants. Et de toute manière, j'avais tort de te mettre dans le même sac qu'eux.

— Ils t'ont fait du mal ?

— Quoi ? » J'écarquille les yeux en remarquant la tension dans ses bras musclés. C'est à couper le souffle, vraiment. Je n'ai encore jamais rencontré un homme comme lui. Si sauvage et bourru, mais pas dénué de bonté. Et, manifestement, toute injustice qu'on aurait pu me faire subir le dérange.

Ouah.

« Non, pas du tout. Enfin, sauf si tu comptes le stress émotionnel et les entraves à ma carrière. Ils sont simplement… chauvins. Et ils ne me respectent pas. Ils me voient comme une jolie paire de fesses. Ou leur assistante personnelle. Ou pire… une secrétaire. »

Ses narines s'évasent. « Ils te touchent sans ton consentement ? » demande-t-il en un grondement. Mes cheveux se dressent dans ma nuque, mais mes tétons durcissent. Ça a à voir avec la façon dont cet homme des bois parle de consentement. Oooh, sexy. Je frissonne.

« Non, rien de ce genre, dis-je en repoussant mes cheveux sur mon épaule. C'est juste qu'ils ne respectent pas mes contributions. Mon intelligence n'est utile que pour soutenir leurs projets. Ils n'accordent aucune valeur à mes recherches. Ils ne m'invitent jamais à diriger un projet, seulement à me taper le plus gros du travail et rédiger les rapports, puis ils mettent leur nom avant le mien sur la publication. »

Caleb marmonne quelque chose.

« Qu'est-ce que tu as dit ? » Je place une main derrière

mon oreille, prête à l'incendier pour son commentaire sexiste.

Il s'éclaircit la gorge. « Dans ce cas, ce sont des idiots », dit-il en me regardant droit dans les yeux.

Je déglutis.

« N'importe quel mec serait chanceux de t'avoir dans son équipe. On voit bien que tu es une scientifique motivée, travailleuse et qui connaît son sujet. »

Eh bien, comme c'est gentil. « Merci…

— Mais ils auraient du mal à ignorer que tu es agréable à regarder. »

Dommage, presque un sans-faute. Je lève les yeux au ciel. « Action ou vérité. »

Il secoue la tête.

« Je viens de commencer. C'était une vérité. C'est ton tour. »

Il gémit.

« Va pour la vérité. Pourquoi tu es ici tout seul ?

— Ça ne te regarde pas », gronde-t-il. Il soulève le fauteuil, l'oriente face à la cheminée et le laisse retomber en un bruit sourd. Ours geint doucement.

« Comme tu veux. » Je me remets à tourner en rond.

L'ennui se prolonge. Je ne supporte pas d'être inactive. De ne pas travailler, surtout en milieu d'après-midi. En général, je travaille jusqu'à ce que je n'arrive plus à réfléchir, puis je me vide le cerveau devant le *Bachelor* ou *The Voice*. En fait, quelques épisodes du *Bachelor* sont enregistrés sur ma tablette, mais si je dois passer toute la journée ici, voire plus, je pense que je devrais les garder pour plus tard. Pour ce soir, quand je serai sur le point de me coucher et que j'aurai besoin de me détendre.

Caleb ne possède même pas de télévision. Et ne rien faire ne paraît pas le déranger.

Je ne comprends vraiment pas.

« Comment tu gagnes ta vie ? Quand tu n'es pas coincé par la neige ?

— Des boulots de construction. Ou sur les routes. De la cueillette.

— En plein hiver ? »

Il esquisse un sourire en coin. « Tu es intelligente. Non, pas en hiver. En général, l'hiver, je me repose. Mais le mois dernier, j'ai participé à un combat pour me faire un peu de pognon. »

J'ouvre des yeux ronds. Je l'imagine torse nu, donnant des coups de poing, beaucoup trop nettement dans mon esprit. Je déteste la boxe et ne regarde jamais la moindre sorte de combat, mais sans que je comprenne pourquoi, cette idée m'excite. Mon entre-jambe s'éveille, mes tétons durcissent, mon clitoris vibre.

La démonstration de puissance d'un mâle dans la force de l'âge ne manque jamais d'attirer les femelles de l'espèce, quel que soit leur raffinement…

Sérieusement. Il doit s'agir d'effets secondaires de l'hypothermie. Je ne suis jamais aussi chaude. Encore moins à cause d'un mâle primaire comme Caleb.

« Je parie que tu casses la gueule à tout le monde », dis-je, songeuse.

Il arque les sourcils comme s'il était surpris, puis hausse les épaules. « Mon adversaire a déclaré forfait la dernière fois, ce qui était foutrement décevant pour moi, même si j'ai empoché l'argent du combat. Je n'ai même pas pu me battre. »

Je mordille ma lèvre inférieure. Je jure que je sens sa testostérone déferler sur mon corps comme une vague tiède.

Qu'est-ce qui m'a fait penser que je haïssais les hommes ?

Celui-ci rend admirables toutes les qualités que je méprise habituellement.

Pour me distraire et cesser de le déshabiller dans ma tête, je me lève et vais fouiller dans la cuisine, prenant mes aises. « Tu sais de quoi j'ai envie ? »

Caleb grogne.

« D'un chocolat chaud. Tu as du chocolat ? » Je farfouille dans les placards.

« D'après toi ? lâche-t-il d'un air dégoûté.

— Pas forcément du chocolat en poudre. Je peux utiliser une barre chocolatée… la faire fondre, par exemple. » Je prends une bouteille sans étiquette. « Qu'est-ce que c'est ?

— Rien. »

Je la secoue et fais clapoter son contenu. « On ne dirait pas rien. » Je retire le bouchon, puis renifle le goulot. De l'eau-de-vie brûle mes narines et me fait tousser. « Ouf, eh ben, c'est quoi, de l'alcool à mille degrés ?

— Non. » Caleb est à côté de moi. Je ne l'ai même pas vu se lever. « Remets-la à sa place. Ce truc est plus fort que tu ne peux l'imaginer.

— Non. » Je cache la bouteille dans mon dos, contente de l'avoir tiré de son fauteuil. Il me pousse contre les placards. « Elle est à moi, maintenant.

— Je te préviens. C'est beaucoup trop fort pour une hum… pour une femme, je veux dire.

— Tu allais dire *humaine ?* » J'éclate de rire. « Je l'ai trouvée, elle m'appartient.

— Tu vas en faire quoi, la boire ? » Il croise ses bras, ce qui fait magnifiquement saillir ses biceps.

« Peut-être bien. » Je cesse de dissimuler la bouteille dans mon dos et la considère. Le liquide est un peu intimidant dans cette bouteille brune. Je la renifle de nouveau.

Ça sent un peu la térébenthine. Ce n'est peut-être pas vraiment buvable.

Caleb me surplombe. Il s'approche de moi, et mon corps semble adorer ça. Je touche le verre de ma langue.

« Tu n'oserais pas », dit-il.

Maintenant, j'ai quelque chose à prouver. « À la tienne. » Je bois une lampée.

Tout à coup, je suis pliée en deux, cherchant de l'air, alors que l'alcool me tord les boyaux.

« Miranda ! », crie-t-il d'une voix aiguë en me tapant dans le dos. Un trou fumant se trouve à la place de mon estomac. C'est la première fois qu'il prononce mon prénom, et j'aime comment il sonne dans sa bouche. Surtout avec cette note d'inquiétude.

Je suis prise d'une quinte de toux et mes yeux s'emplissent de larmes. « Mince. Ça décape.

— Je croyais que tu allais en boire une gorgée, pas la moitié de la foutue bouteille. » Il a dû la récupérer avant qu'elle ne glisse de mes mains engourdies, parce qu'il la pose brutalement sur le comptoir.

« À toi, dis-je d'une voix rauque.

— Hors de question. » Il me pousse et me fait asseoir dans un fauteuil.

« C'est toi qui voulais la récupérer. Je te mets au défi d'en boire.

— Non. »

Je montre la bouteille. « Poule mouillée. »

Il plisse les yeux. J'exulte intérieurement. Je ne sais pas ce qui me prend de harceler ce type, mais maintenant que je suis sûre que c'est un véritable gentleman, j'adore le provoquer. *La femelle teste le mâle pour s'assurer qu'il est digne d'elle, en une forme de flirt…*

Grommelant dans sa barbe, il s'approche lentement du comptoir, saisit la bouteille par le col et boit. Je l'observe, attendant des signes de détresse. Rien. *Nada.* Pas une quinte de toux, ni même un tressaillement de paupière. Caleb est un vrai dur à cuire.

Pendant ce temps, l'alcool circule dans mon sang et crée un chemin de flammes à travers tous mes membres. Je lève le poing et m'écrie : « Action ou vérité ! »

Caleb s'assied en face de moi, le poing serré autour de la bouteille. « Oh, non. C'est à ton tour.

— D'accord. » Je me lèche mes lèvres. Son regard se pose sur ma bouche. Mince, je dois arrêter. « Hum… vérité. » Je ne pense pas être capable d'assumer une action tout de suite, surtout si elle implique de la gnôle artisanale au goût de térébenthine.

« Où est ton homme ?

— Quoi ? » Ma bouche fonctionne désormais au ralenti. À vrai dire, tout mon visage est un peu engourdi. Je tapote mes lèvres jusqu'à ce que je prenne conscience de ce que je fais. « De quel homme est-ce que tu parles ?

— L'homme à qui je vais botter le cul pour t'avoir laissée venir ici sans t'accompagner. »

Je fronce les sourcils alors que je tente de comprendre de qui il parle. « L'homme à qui tu vas botter le cul… mon patron, tu veux dire ?

— Non, mais je ne l'aime pas non plus. » Son grondement fait trembler la table. Le Dr Alogore est clairement sur sa liste noire. Cet homme des bois est intimidant. Je ne voudrais vraiment pas me le mettre à dos. Je veux dire, à part dans le cadre d'un flirt. Oh, mon Dieu… suis-je en train de flirter ?

Je ne flirte jamais !

« Ton mec, je veux dire. Ne me dis pas qu'une femme comme toi n'en a pas. » À la façon dont il dévore mon corps des yeux, tout devient soudain clair comme de l'eau de roche.

« Holà, holà, holà. » Je secoue les mains. Mince, il fait chaud ici, non ? J'ouvre quelques boutons de la chemise en flanelle, puis me reconcentre sur Caleb. « Hum. Tu présumes beaucoup de choses, mon pote. Pour commencer, je n'ai pas de mec. Une femme comme moi n'est absolument pas obligée d'être liée au détenteur d'un pénis. Et je n'appartiens à personne. Ça n'a jamais été le cas. »

Son regard s'assombrit. « Tu veux dire que tu es vierge ?

— Quoi ? » J'étouffe un rire. Un son bien peu élégant. Les pans de sa chemise s'écartent, et je les rassemble. J'articule lentement : « Non. Au… aucun doute, j'ai déjà couché. Je n'ai pas de petit ami, c'est tout. Ils ne sont qu'une perte de temps et de neurones. Ils cherchent quelqu'un à baiser et qui flattera leur égo, mais ils ne donnent rien en échange. Les hommes ne font que prendre. Je n'ai pas l'énergie pour ça. J'ai un travail important à accomplir. Des échantillons d'arbres à… récolter. »

Caleb grogne. Il boit une autre gorgée de la bouteille. Mes yeux sont fixés sur la gnôle. Je secoue la main. « Passe-la par ici. »

Il ne s'exécute pas, mais l'approche de ma bouche et y laisse couler un petit filet d'alcool.

« Hé ! » Je m'essuie les lèvres, savourant l'engourdissement de ma langue. « Ce n'est pas suffisant.

— Je pense que tu en as bu assez, mon cœur.

— Ne m'appelle pas comme ça, dis-je en frissonnant. Le Dr Alogore m'appelle comme ça. Ça me donne envie de gerber.

— Tu devrais peut-être demander à ton mec de lui parler. » Caleb a l'air d'avoir envie de poignarder quelque chose.

« J'ai pas de mec. J'suis une femmindépendante. » Je fais claquer mes lèvres pour tenter de les réveiller, puis retente : « Une. Femme. Indépendante. Je peux prendre soin de moi-même.

— Hmm, dit-il contre le goulot de la bouteille.

— Quéssa veut dire, hmm ? Tu as l'air… » Je lui décoche un regard noir.

« Que tu as besoin d'un homme.

— Je t'en prie, dis-je en tapant sur la table. Je n'ai besoin ni d'un homme ni de personne.

— Je veux dire… tu devrais en avoir un. Une femme comme toi. »

Je hausse un sourcil.

« Belle », ajoute-t-il, et je vois soudain la vie en rose. Je pensais que ce n'était qu'une chanson. *L'excitation sexuelle parodie l'ivresse, et vice-versa. Mélanger les deux peut être dangereux…*

« Merci.

— Tu as besoin de manger plus », dit Caleb d'un ton accusateur. Il s'éloigne de la table et fouille dans le placard. En sort une barre chocolatée.

Je la saisis. « Oh, super ! Je t'aime. » L'engourdissement s'est déplacé ailleurs, probablement pour terroriser mon foie. De la nourriture, voilà exactement ce dont j'ai besoin.

Il s'assied en face de moi, semblant satisfait. Il ne cille même pas quand je déchire l'emballage et fourre tout le chocolat dans ma bouche à deux mains. Je mange comme un écureuil se préparant pour l'hiver, les joues gonflées, et lève les yeux vers lui.

« Tu ferais un petit ami génial.

— Non », grommelle-t-il. J'en conviens joyeusement.

« Non, tu as raison. Tu es un ronchon. Mais tu m'as sauvé la vie, tu m'as préparé le petit-déjeuner, tu m'as donné du chocolat… » Je lève le pouce. « Je t'ai remercié, au fait ?

— Ouais. »

Je m'essuie la bouche et répète : « Merci de m'avoir sauvé la vie.

— Pas de problème.

— Et d'avoir dit que je suis belle. »

Il redresse brusquement la tête et rencontre mon regard, me paralysant. Une onde de désir me traverse. La pièce, la neige à l'extérieur : rien n'a changé, pourtant tout est différent.

« Hum, c'était gentil de ta part, dis-je à voix basse.

— Pas de problème », lâche-t-il en regardant la table.

Je termine le chocolat. « Désolée, j'aurais dû t'en laisser.

— Non, ça va. » Son expression est étrange. « Tu peux te racheter. À ton tour. Une vérité.

— Moi ? » C'est mon tour ? « Attends, ça ne marche pas comme ça. C'est moi qui décide.

— Vérité, insiste-t-il. Pourquoi est-ce que tu n'as pas d'homme ?

— De petit ami, tu veux dire ?

— Je parle d'un homme, souligne-t-il avec fermeté.

— Et toi ? » Il secoue la tête. Je soupire. Je lui suis redevable pour la barre de chocolat. « Pour de vrai ? Je n'aime pas le sexe.

— Pardon ? » Il se fige.

« J'ai dit que je n'aime pas le sexe, dis-je en levant le menton. C'est complètement surfait. On en fait tout un plat pour rien.

— Surfait.

— Ouais, tu sais… » Je secoue la main. Quitte à cracher le morceau, autant tout dire. « Toutes ces histoires sur la question et toutes ces chansons d'amour, tout ce qui est écrit dans les romances. Ce n'est pas vrai. Le sexe est sale, et parfois même carrément dégueu. Au moins, ça ne dure que quelques minutes.

— Quelques minutes, répète Caleb d'un ton incrédule.

— Ouais, dis-je, sur la défensive. Ne me dis pas que tu dures plus longtemps. Tous les mecs s'imaginent qu'ils sont un don du ciel pour les femmes et… enfin, c'est seulement décevant. »

Je tripote l'emballage du chocolat. La chaleur de… l'émotion de Caleb, ou de je ne sais quoi, émane de lui. Me brûle malgré la distance qui nous sépare.

Il pose la bouteille d'un air décidé. Je sursaute lorsqu'il repousse sa chaise et contourne la table. Il pose une main devant moi, l'autre sur le dossier de ma chaise, et se penche vers moi.

Ses yeux parcourent mon visage. « Est-ce que tu me dis… qu'une femme avec ton apparence, avec un corps bandant comme pas possible… n'a jamais pris de plaisir avec un homme ? »

Caleb, l'homme des bois, ne mâche pas ses mots.

Ma chatte se contracte. De la chaleur court sur ma peau.

« Hum… »

Il pose sa grande main sur ma clavicule. Son pouce trouve mon pouls et me caresse délicatement. Je suis aux anges alors qu'il me touche à peine.

« Un corps comme celui-ci a été conçu pour être déshabillé. Caressé de partout. » Sa voix se glisse dans des endroits secrets. D'habitude, je déteste, je méprise qu'on me réduise à une paire de gros seins. L'objectification des femmes me rend dingue. Mais mon corps répond à chacun de ses mots. Ses yeux rencontrent les miens avec l'impact d'un Taser. La lumière les éclaire sous un angle particulier et les fait paraître jaunes au lieu de bruns. « … vénéré. Je prendrais tant de temps… » Sa main se pose sur ma nuque, la masse. Je fonds. En dix secondes, je suis comme du beurre posé sur un gril brûlant. « D'innombrables orgasmes, murmure-t-il. Un plaisir sans fin. Le fait que tu n'aies pas rencontré un homme qui te procure tout ça, bébé… c'est un crime contre l'humanité. »

J'ouvre la bouche, mais ne peux émettre aucun son.

« La première chose que je ferais, docteur M., continue-t-il en fixant mes lèvres, c'est posséder cette bouche. Cette bouche intelligente et boudeuse. Je t'embrasserais jusqu'à ce que tu ne puisses plus tenir tranquille. Puis je te ferais lever les bras au-dessus de la tête, je te tiendrais et je t'embrasserais encore. » Il inspire profondément, comme s'il ne se lassait pas de mon odeur. Ses yeux se promenant sur mon corps sont aussi efficaces que des caresses. Des picotements partent de mes seins et se déploient. « Ensuite, je te déshabillerais, lentement. Je t'embrasserais encore. Je trouverais où te toucher. Ce qui te fait soupirer. Je te goûterais… » Il déglutit et j'avale une bouffée d'oxygène. « … partout. » Sa voix devient plus grave. Des frissons me parcourent, m'engloutissent. « Et puis… »

Une longue pause.

D'une voix suraiguë, je demande : « Et puis ? »

Il expire. Lorsque je me penche vers lui, il se crispe.

« Non, dit-il.

— Non ?

— C'est une mauvaise idée. » Il bat en retraite.

Ma mâchoire se décroche.

« On ne devrait pas. Je ne devrais pas… » Il se passe une main sur le visage. « Oublie ce que j'ai dit.

— Quoi ? Tu ne peux pas… dire toutes ces choses, puis changer d'avis !

— Miranda… » De la confusion passe sur son visage.

« D'innombrables orgasmes ? Un plaisir sans fin ? » Je lève les bras. « Me goûter de partout ? Tu ne peux pas dire ce genre de choses à une… une… femme en manque de sexe, puis la laisser en plan. »

Il me regarde fixement. La douleur dans ses yeux fait écho à la mienne.

J'inspire profondément et dis la chose la plus scandaleuse que j'ai jamais proférée, et encore moins pensée. « Tu dois me montrer de quoi tu es capable.

— Non.

— Caleb ! S'il te plaît ? » Je fais un geste vers la chambre.

Il plisse les yeux. « C'est une mauvaise idée. »

Je me lève, envoyant ma chaise valser derrière moi. J'ignore le bruit assourdissant dans mon dos et tape du poing sur la table. « Tu sais ce que je pense ? Que tu n'as que de la bouche.

— Pardon ? gronde-t-il.

— Exactement, tu m'as bien entendue. Tu as peur que je ne te trouve pas à la hauteur.

— Je n'ai pas peur. » Ce tas de muscles s'approche à nouveau de moi. Je l'ai bien cerné.

« Si. » Je bombe le torse et mes tétons le touchent. Mes genoux faiblissent, mais je ne me démonte pas. « Tu es une grosse poule mouillée, tu te planques du monde entier sur ta montagne.

— Miranda…

— Bwak bwak bwak. » Je tente ma meilleure imitation de poule. Elle est fabuleuse… très authentique.

« Miranda…

— Bwaka ! Bwaka ! » Je danse en battant des bras devant lui. Ce n'est pas la façon la plus sexy d'exprimer mon désir, mais à en juger par la manière dont son jean se tend et son cou rougit, ça fonctionne. Je secoue les bras et hoche la tête. *Le chant nuptial de la doctorante en écologie. La femelle approche le mâle sauvage et secoue son plumage.* Il est sidéré.

Un coup d'œil vers le bas m'apprend que la chemise en

flanelle s'est encore ouverte. Je ne cesse de donner à Caleb un aperçu de ma poitrine.

« Oups. » Alors que je fais un geste pour la reboutonner, il saisit mon poignet.

« Te fatigue pas, dit-il, haletant.

— Comment ? » Il replie mon bras dans mon dos, me pressant fermement contre son corps. Son corps dur comme la pierre et très excité.

« Tu l'auras voulu », souffle-t-il d'un ton rocailleux avant de pencher la tête et de posséder ma bouche.

Caleb

JE NE PEUX PAS m'arrêter. Cette scientifique pulpeuse a besoin d'une bonne baise, et il faut bien que quelqu'un s'en occupe. Elle a besoin de savoir que tous les hommes ne se contentent pas de prendre. Que le sexe devrait être agréable. Que son corps est fait pour le plaisir.

L'odeur de son désir me grise davantage que ma gnôle l'a enivrée. Je plaque mes lèvres sur sa bouche, la revendique. Ma langue glisse entre ses lèvres. Son haleine sent l'alcool et le chocolat.

Stop. Recule.

Elle est bourrée.

Tu profites d'elle.

Mon esprit rationnel tente de s'immiscer, mais mon ours ne le laisse pas faire. Il donne des coups de griffe pour se libérer et mes crocs s'allongent.

Bon Dieu, ours. Vraiment ? Une morsure de revendication ? Putain, il est taré.

Je me force à mettre fin au baiser et fais un pas en

arrière. « Docteur, tu as trop bu pour prendre de bonnes décisions. »

Elle tord le tissu de mon T-shirt entre ses mains et attire de nouveau mes lèvres contre les siennes. Je m'abandonne un instant, la goûte, la dévore.

Puis mes dents recommencent à s'allonger.

Merde. Je n'ai aucun self-control. Je m'écarte brusquement. Puis, parce que je n'ai pas les compétences pour débattre verbalement avec elle, je la jette sur mon épaule et la porte jusqu'à la chambre d'amis.

La chambre de Gretchen. Voilà qui calme mon ours.

Je la pose sur le lit et recule vers la porte pour me retenir de m'allonger sur elle. « Fais une petite sieste, docteur. Dors un peu. Si tu veux toujours savoir ce que peut faire un vrai homme quand tu auras dessoûlé, viens me trouver. » Je la nargue comme un enfoiré. J'espère à moitié qu'elle sera si refroidie par mon arrogance qu'elle gardera ses distances.

Ma bite presse contre mon jean. Elle ne valide pas mon projet de laisser l'humaine seule dans le lit.

Miranda me fixe de ses yeux verts. De l'innocence mêlée d'intelligence. De l'ivresse mélangée à du désir.

Je fais un autre pas en arrière. Je dois aller ailleurs, là où je pourrai respirer. Quelque part où je pourrai enfouir mon ours au fond de moi-même.

« Tu es un abruti condescendant. »

Je souris, parce que j'aime qu'elle ait du répondant. J'aime sa résistance, son culot. « Pas condescendant, juste un abruti. Et toi, tu es pompette. Dors. »

Je ferme la porte avec sévérité, comme si elle était une enfant turbulente que j'ai envoyée au lit. Effectivement, je suis peut-être condescendant. Je pince brutalement mon sexe à travers mon jean et serre les dents.

Cette femelle causera ma perte.

Je ne sais même pas ce qui m'a pris de lui proposer du sexe. Je ne peux même pas rejeter la faute sur l'ours. Ça venait de moi.

Mais apprendre qu'elle n'a jamais pris de plaisir… ça m'a semblé une putain de farce. Le gentleman en moi s'est senti obligé d'offrir de redresser ce tort. Je jure qu'il s'agissait d'un acte altruiste, je ne pensais pas à mon propre intérêt.

Oh, merde, de qui est-ce que je me fous ? J'ai envie de baiser cette femme depuis l'instant où je l'ai vue gravir la montagne au volant de son véhicule. Elle a vraiment quelque chose. Cette détermination féroce. Son lien avec son chien. Sa façon de regarder mon ours comme s'il était une foutue licorne ou un truc du genre. Et c'était avant que je la voie nue. Maintenant, je n'arrive pas à cesser de penser à ces magnifiques gros seins. À sa silhouette en sablier, à ces hanches faites pour enfanter, faites pour que je la tienne fermement pendant que je la lime.

Je ne compte pas me mettre en couple. Je n'ai pas prévu de remplacer Jen un jour, et encore moins par une humaine. Donc, j'aurais mieux fait de ne pas la toucher.

Mais il a fallu qu'elle me dise qu'elle déteste le sexe. À présent, je ne parviendrai pas à me sortir de la tête que je veux résoudre son problème.

Cependant, même si elle a encore envie de galipettes une fois sobre, ce dont je doute, je ne pense pas que je parviendrais à coucher avec elle sans perdre le contrôle.

Je dois enfermer mon ours. Et si je n'en suis pas capable, j'ai tout intérêt à me barrer de ce chalet. Si je commets une erreur, si je perds le contrôle, les conséquences seront trop graves. Et je n'aurai d'autre choix que me présenter à la meute de Tucson pour demander à Garrett de m'abattre une bonne fois pour toutes.

~

SUJET D'EXPÉRIENCE 849

« C'EST L'HEURE de tes tests, dis-je d'une voix chantante à la femelle enfermée.

— Non. » Elle se recroqueville dans le fond de la cage de chenil, vêtue de son soutien-gorge et de sa culotte sales, qu'elle porte depuis des mois. J'ouvre la porte, tends le bras et lui injecte un relaxant musculaire pour qu'elle ne puisse pas me résister avant de la tirer hors de sa geôle.

Elle ne représente pas une menace pour ma force surhumaine, mais on ne peut jamais être trop prudent.

Je l'attache à la civière et lui prélève du sang, que je mélange au sérum avant de le lui réinjecter. Je lui donne des claques, observant le changement de ses pupilles alors que le sérum fait effet.

Encore quelques cobayes et nous obtiendrons la bonne formule. Nous déverrouillerons l'ADN de tous les métamorphes.

Les tests sur les capacités de régénération n'ont pas été concluants. Tous les bleus et coupures que j'ai infligés aux sujets guérissent à un rythme humain normal.

J'ai besoin de données supplémentaires. D'un plus grand panel.

Si seulement j'avais réussi à enlever cette ourse métamorphe et sa fille, j'aurais tout ce dont j'ai besoin. J'aurais pu remanier mon propre ADN. Éventuellement, m'accoupler avec elle pour produire ma propre descendance métamorphe. Mais elle a muté et m'a attaqué, et je l'ai tuée avant de pouvoir la maîtriser.

Ma propre réaction à la peur ou la douleur s'active trop rapidement.

Il doit exister un équilibre plus satisfaisant. Avec davantage de contrôle. En ajoutant l'ADN manquant à la séquence afin d'obtenir une transformation complète.

« S'il vous plaît », supplie la femelle, mais elle ne peut pas bouger.

Je lui donne tout de même une autre claque. Elle doit apprendre à se soumettre à mes tests de meilleur gré. Comme moi, quand ils m'ont testé.

Elle ne sera récompensée par un ADN amélioré qu'en se laissant faire.

Je la frappe encore, simplement parce que ça me satisfait à un certain niveau. « Silence. Ton rôle est de te taire et de laisser ton sang assimiler le sérum. Ensuite, on testera tes réactions à la douleur. »

Je me tourne vers la femelle attachée à côté d'elle. « À toi. » L'odeur âcre de sa peur me fait glousser.

CHAPITRE SEPT

Miranda

Quand Caleb m'a laissée sur le lit, mon corps en feu et ma confiance froissée, j'avais envie de lui jeter quelque chose dessus. Mais il s'avère qu'il avait raison.

J'étais bourrée.

Et une sieste m'a fait du bien.

Je me réveille quelques heures plus tard avec les idées bien plus claires.

Puis, je redoute de quitter la chambre, parce que je n'arrive pas à décider si je devrais être gênée, énervée ou reconnaissante. Enfin, il n'y a pas vraiment à choisir. Je ressens les trois émotions.

Je suis soulagée de savoir que Caleb est bien un gentleman, comme je le pensais. Un peu bourru et grognon, mais un véritable chevalier servant.

J'y songe alors que je sors de la pièce et le trouve dans la cuisine. Il sort une énorme truite arc-en-ciel du four.

« Mmm, ça sent bon. »

Il grogne, mais ne se retourne pas.

« C'est toi qui l'as pêchée ?

— Ouaip. » Il ne m'a toujours pas regardée. Il amène le poisson jusqu'à la table et le dépose sur une planche. Ce n'est qu'ensuite qu'il se retourne et désigne une chaise. « Viens manger.

— Merci. » J'ai vivement conscience que mes mamelons pointent à travers la chemise en flanelle. Oh, bon sang, pourquoi est-elle à moitié ouverte ? Une vague de chaleur m'emplit quand je me rappelle l'avoir déboutonnée jusqu'en dessous de mon sternum. Je lutte avec les boutons, mais sa façon de regarder mes doigts me fait rougir de plus belle.

Je me demande si mes vêtements sont sortis du séchoir. Un soutif serait sans doute approprié.

Je m'installe à la hâte sur la chaise pour dissimuler ma gêne et ramasse la fourchette. Une minute. Il a dressé la table ?

Je suis soudain heureuse qu'il ait fait l'effort de cuisiner et mettre la table, ce qui est absurde. *En une tentative pour impressionner la femelle qu'il a choisie, le mâle adopte des comportements domestiques.* Enfin, il n'essaie peut-être pas de m'impressionner. S'il avait sorti des verres à vin, je serais certaine qu'il entreprend de me séduire, mais ce n'est pas le cas. Il a probablement eu son comptant de la Miranda éméchée.

Il s'assied en face de moi et sert le poisson, accompagné de pommes de terre au four. Il me regarde comme si j'étais une créature qu'il ne comprend pas entièrement, qui risque à tout moment de dire ou faire quelque chose de scandaleux.

Je décide de le choquer. « Alors, quand vas-tu me montrer ce que peut faire un vrai homme ? »

Il se fige, la fourchette à mi-chemin de sa bouche, ses

lèvres entrouvertes. Je savoure sa surprise. *Face à une femelle qui fait le premier pas, le mâle réévalue sa stratégie.*

Je résiste à l'envie de gesticuler tandis que le silence se prolonge. La plupart des hommes n'aiment pas les femmes entreprenantes, parce qu'ils sont trop habitués à l'inverse. Ils pensent qu'une femme qui les désire doit avoir un problème. Ou alors, ça leur enlève le frisson de la chasse. J'espérais que Caleb serait plus évolué, mais je me suis peut-être trompée. Son corps a clairement tout d'un macho.

Après un long moment, il hausse les épaules et répond : « Eh bien, tu es là pour effectuer des recherches. » Il mange une bouchée. Est-ce que je décèle un éclat amusé dans ses yeux ?

« Oui. Strictement pour la recherche. Une étude scientifique. »

L'ombre d'un sourire flotte sur ses lèvres. « Et puis, on a toute la nuit à tuer.

— C'est vrai. Et on a déjà joué à action ou vérité. »

Son rire tonitruant me fait sursauter. Je jure qu'il est également surpris, parce qu'il s'interrompt immédiatement et reste ahuri, comme s'il était dérouté d'avoir pu produire un tel son. Je prends brutalement conscience que cet homme est vraiment sympathique. Comment un homme si naturellement charmant, avec un physique qui attire les filles comme un aimant, peut-il devenir aigri au point de s'isoler dans un chalet au milieu de nulle part ?

Que cherche-t-il à fuir ?

Allongé sur le tapis devant le feu, Ours lève la tête et remue la queue.

« Il t'arrive de te sentir seul ici, Caleb ? » Je pose la question d'une voix douce, baissant le nez sur mon assiette pour atténuer son intensité.

« Je ne sais pas. » Une fois de plus, il paraît presque

surpris de sa réponse. «Je passe le plus clair de mon temps à hiberner. Je veux dire, je me mets en *off*, en gros. Tu me forces à me remettre en marche. Ça fera probablement bizarre quand tu partiras.»

Je lève les yeux, rencontre les siens et m'y noie. Je suis attirée par la profondeur de la confusion et de la souffrance que je trouve dans ses yeux brun sombre. Et j'en suis soudain certaine : Caleb, l'homme des bois bienveillant et râleur, se sent définitivement seul.

Je me sens désolée pour lui, surtout parce que je connais la solitude, moi aussi. Je ne laisse cependant aucune compassion transparaître sur mon visage. Il est bien trop dominant pour l'apprécier. J'ai envie de lui demander ce qui lui est arrivé, parce que je suis sûre qu'il s'est passé quelque chose, mais ce n'est pas le bon moment. Si je souhaite vraiment que cet homme me montre ce qu'est du sexe réussi, je ne peux pas gâcher l'ambiance.

Il se lève et débarrasse nos assiettes. Je rassemble ce qui reste sur la table, observant ses épaules larges alors qu'il se tient devant l'évier. Il est aussi singulier et spectaculaire que les merveilles naturelles de cette région. L'un des joyaux de cette montagne.

Je souris en m'imaginant le cataloguer scientifiquement. *Homo sapiens squalentum.* Ouais, ça colle. *L'homme rugueux.*

«Je vais prendre une douche», annonce-t-il avant de se diriger à pas lourds vers la salle de bains sans me regarder. Mais lorsqu'il arrive à la porte, il se tourne et me lance une œillade.

Elle me fige sur place, l'excitation faisant trembler mon ventre. Mes tétons durcissent. Son regard contient une sombre promesse. *Homo sapiens squalentum.* Cet homme rugueux et sauvage se nettoie pour moi. *La toilette est une part essentielle de la parade nuptiale.*

Quand j'entends que l'eau est coupée, toutes les cellules de mon corps se mettent au garde-à-vous. Caleb est dans la pièce, nu, s'apprêtant à me séduire. Ça va vraiment arriver.

Les hormones inondent mon corps. Mes ovaires s'éventent. Je peux pratiquement les sentir libérer des ovules deux par deux. *Vas-y, ma grande !* m'encouragent-elles. *Il était temps !*

Il *est* grand temps. J'espère sincèrement qu'il sera à la hauteur de ses fanfaronnades.

J'ai le pressentiment que ce sera le cas.

Caleb

Une humaine.

Une humaine.

Tandis que je me tiens sous le jet d'eau, mon cerveau et mon ours tournent en boucle. J'essaie de rappeler à mon animal que la femme exquise dans mon chalet est humaine, et donc fragile. Trop délicate pour toutes les choses que j'ai envie de lui faire. Que mon ours veut que je lui fasse.

Tout ce qu'il rugit, c'est : *femelle.* Et avec la domination territoriale d'un ours face à un concurrent. Comme si nous étions au printemps, la saison des amours, et qu'il devait affronter tous les autres mâles. Il est agressif. Se donne de grands airs.

Putain, il doit se calmer, sinon je ne ferai preuve d'aucune finesse avec cette femelle. Je ne parviendrai pas à la faire changer d'avis sur les hommes et le sexe. Et, pour une raison qui m'échappe, cet objectif devient de plus en plus important chaque minute.

Je serre mon sexe dans mon poing. Je ferais mieux de relâcher un peu la pression, sinon je risque de perdre le contrôle. Mais non, je suis trop impatient. J'ai trop envie de baiser en vrai. Je peux y arriver. J'ai les idées claires. Je maîtriserai l'ours. Je me savonne, me lave dans le moindre recoin, shampouine mes cheveux. J'envisage même de raser ma barbe, mais abandonne l'idée. Je ne me suis pas rasé depuis la mort de Jen et Gretchen. Mon signal au monde que j'avais lâché l'affaire.

Et même si ma torpeur s'est atténuée au cours des dernières vingt-quatre heures, je ne suis pas encore prêt à revenir parmi les vivants.

Peu importe à quel point cette sublime rousse est séduisante.

Je coupe l'eau et me sèche avec une serviette, puis enfile de nouveau mon boxer et mon jean. Je ne prends pas la peine de le boutonner ou de remonter la fermeture éclair. Je ne mets pas de T-shirt non plus.

J'ai vu comment elle regardait mon torse et mes bras tatoués ce matin. Elle les trouve attirants, même si elle affirme détester le sexe. Et je veux qu'elle soit dans les meilleures conditions. J'ai besoin d'autant d'aide que possible pour bien faire les choses.

Dans le miroir, le Caleb à moitié mort s'adresse à moi en murmurant. *Que fais-tu avec une autre femme ?*

Je détourne les yeux. *Rien. Je relève un défi, c'est tout.* Un mâle doit faire ses preuves quand on le défie, n'est-ce pas ?

Rien de plus.

Elle sait qu'il ne s'agit que de sexe. À des fins de recherche.

J'émerge de la salle de bains embuée et trouve Miranda devant la porte arrière. C'est illogique, je sais qu'elle ne va nulle part — elle ne peut aller nulle part. Pourtant, lorsque je la vois près de la sortie, je la rejoins en trois grands pas.

Bien sûr, elle laissait simplement sortir son chien pour qu'il puisse uriner. Le cabot rentre dans le chalet, couvert de neige.

Je plaque ma main sur la porte et la claque, puis j'assène une tape sur les fesses de Miranda du plat de mon autre main.

Elle glapit et fait volte-face.

« Tu laisses entrer l'air froid. » C'est une phrase idiote à dire. Je me fous bien qu'elle laisse entrer le froid. J'ai conservé le chalet à température agréable toute la journée pour elle, et à vrai dire, le vent froid est rafraichissant. Non, c'est l'idée qu'elle ait pu sortir qui me dérange.

Elle est à présent chassée.

Ma proie.

Ses joues prennent une charmante teinte rose. « Tu-tu ne peux pas fesser une femme comme ça.

— Je ne peux pas ?

— Non ! Pas sans son consentement, bafouille-t-elle. C'est juste, c'est juste… »

J'arque un sourcil. Mon ours est incroyablement excité par son trouble. Putain, j'adore quand elle ne se laisse pas faire. Elle est peut-être humaine, mais elle se comporte comme les ours. Une ourse chargera un mâle et le repoussera potentiellement, surtout s'il s'agit de sa première fois.

Le mâle riposte rarement. Il attend simplement son heure, sachant qu'elle finira par céder.

« C'est tout simplement inacceptable ! » achève-t-elle, le souffle court.

Sans la toucher, je pousse la scientifique sexy contre le sèche-linge. Je pose mes mains de part et d'autre d'elle, l'emprisonnant entre mes bras.

« J'ai besoin de ton consentement, hein ? » Je baisse la tête et approche mes lèvres de son oreille, toujours sans la toucher.

« O-oui », répond-elle, presque en un murmure.

Je gronde en respirant son parfum de glace et de fraise.

« Dis-moi une chose, docteur M. Tu consens à ce que je te retourne, que je te penche sur mon genou et que je frappe ce cul encore quelques fois pour l'échauffer ? »

Elle émet un son minuscule. Ses grands yeux verts plongent dans les miens, ses douces lèvres s'entrouvrent. « Hum…

— Ensuite, j'écarterai ces jambes et je te lécherai par-derrière. Je te lécherai jusqu'à ce que tu hurles. Dis-moi, tu y consens ? »

Elle déglutit, puis hoche la tête. « J-j'imagine que je veux bien essayer. »

Je ne peux retenir le sourire animal qui étire mes lèvres.

« Bonne fille », dis-je à voix basse. Je baisse mes mains jusqu'à sa taille et la fais lentement pivoter face au séchoir. « Tu ne le regretteras pas. Je te le promets. » Ma voix est plus rauque que d'ordinaire.

« D'abord, on doit se débarrasser de ça. » Je glisse mes pouces sous l'élastique de mon jogging, celui qu'elle porte si bien, et le baisse sur ses hanches larges. Elle l'enlève avant que je puisse m'accroupir pour l'aider. Je m'approche d'elle, pressant mon sexe dur contre son dos pendant que je commence à déboutonner la chemise en flanelle. « Je vais avoir besoin que tu sois entièrement nue pour ça. »

Elle me regarde par-dessus son épaule. « Tu vas te déshabiller ?

— Tu as envie que je le fasse ? » Je mordille son oreille et tire sur sa chair.

« Oh, mon Dieu, gémit-elle. Tu es vraiment doué. »

J'éclate de rire. C'est la deuxième fois qu'elle me fait rire tout haut. J'ignorais que j'en étais encore capable. « Tu en doutais ?

— Hum… un peu. Non. Enfin… » Je couvre sa bouche de ma main et lui fais tourner la tête, révélant son cou élancé. J'y fais descendre ma bouche, et m'arrête pour mordre l'endroit où son cou et son épaule se rencontrent.

« Oh. » Quand j'entends sa petite syllabe surprise, ma bite appuie douloureusement contre mon jean.

J'adore son inexpérience. Ou son absence de bonnes expériences. Ça signifie que tout ce que je fais est sa première fois. Le sentiment de puissance qui me monte à la tête calme un peu plus mon ours. Je peux y arriver. Je ne lui ferai pas de mal. Aucun doute, je rendrai l'expérience agréable pour elle.

Je passe mon autre main entre ses jambes. À son odeur, je sais déjà qu'elle est excitée, mais l'humidité que j'y trouve est encore plus abondante que je ne l'imaginais. Divin. J'y passe lentement mon index, puis le porte à ma bouche pour le lécher. « Tu as si bon goût, docteur.

— C'est vrai ? Vraiment ? Tu ne peux pas être sincère.

— Non ? » Je frappe ses fesses, lui tirant un cri. « Pourtant, c'est la vérité, dis-je en lui faisant reculer les hanches et en lui écartant davantage les pieds. Maintenant, cambre ce cul pour recevoir ta fessée. »

J'adore entendre tout l'air s'échapper entre ses lèvres alors qu'elle s'exécute.

« Je n'arrive pas non plus à croire que c'est une chose qui se fait », dit-elle avec un rire nerveux.

Je donne une tape sur son cul. « Oh, si, clairement. Et ça va te plaire, c'est sûr. » Je frappe son autre fesse, pas trop fort, quoique fermement. Juste assez pour produire un son bruyant, mais pas au point de lui faire mal. Je ne me laisse pas oublier qu'il s'agit d'une délicate humaine. Bien qu'à cet instant, elle ne semble pas si fragile sous mes mains. Elle me paraît douce et sexy, la partenaire idéale à pilonner énergiquement.

Je ceins sa taille de mon bras pour immobiliser ses hanches et me place à côté d'elle. « Tu l'as cherché, tu sais, dis-je en commençant à distribuer des tapes sur son cul en un rythme lent et régulier.

— N-non, c'est faux ! » Son essoufflement rend son indignation moins crédible.

« Oh, mais si. » Je continue d'asséner des tapes fermes sur son derrière. « Te retrouver coincée dans cette tempête. Me faire dormir nu dans un sac de couchage avec toi.

— Ça t'a plu, m'accuse-t-elle entre deux cris.

— Une putain de torture. » Je lui donne un coup plus fort pour la punir de me faire souffrir.

Le petit gémissement qu'elle pousse m'indique qu'elle ressent la même anxiété. Je tombe à genoux et lui écarte les fesses. Sa chatte brillante est comme une petite fleur rose. Elle ne demande qu'à être courtisée.

Je fais de mon mieux. Je taquine ses grandes lèvres de la pointe de ma langue, la pénètre, la lèche jusqu'à l'anus, puis le titille jusqu'à ce qu'elle tremble et pousse de petits cris.

« C-Caleb, roucoule-t-elle.

— Oui, mon bébé ? Tu commences à prendre du plaisir.

— Oh-mon-Dieu, oui. Caleb… oh ! » Le désir rend sa voix rauque. Le besoin de plus en plus puissant fait approcher mon ours de la surface, mais je le repousse.

J'ordonne en agrippant sa taille : « Retourne-toi. Allez. » Oubliant de dissimuler ma force métamorphe, je la soulève sans mal et l'assieds sur le sèche-linge. Je prends conscience de mon erreur lorsqu'elle écarquille les yeux, mais je lui écarte les genoux et m'arrange pour la faire oublier.

Je m'occupe d'elle avec ma bouche en cet angle différent, la pénètre d'un doigt pendant que je donne de petits coups de langue à son clito.

Le plaisir la fait sangloter, elle serre les poings autour de mes cheveux. Son enthousiasme nourrit mon envie de lui donner du plaisir. J'ajoute un deuxième doigt, puis les retire et les enduis d'un peu de salive pour pénétrer son anus de mon majeur.

« Attends. Que… » Ses gémissements se teintent de surprise. Mais je suis entré. Elle tremble et frissonne, son plaisir prenant le pas sur ses protestations. J'enfonce mon pouce dans sa chatte et baise ses deux trous à la fois, d'abord lentement, puis plus fort. Plus vite.

Ses cris prennent du volume.

De l'inquiétude passe sur son visage. Ses seins voluptueux rebondissent. « Oh, mon Dieu. Oh, mon Dieu. S'il te plaît. Oh, Caleb ! »

Elle jouit.

Son orgasme est encore plus spectaculaire que je l'imaginais. L'extase et le choc sur ses traits me coupent le souffle.

Je continue de la baiser avec mes doigts jusqu'à ce que sa chatte cesse de se contracter et que ses cuisses se détendent.

Elle se laisse tomber en arrière, en appui sur ses mains, haletante. « Bordel.

— Pas mal, hein ? » Je tente de ne pas laisser transparaître ma satisfaction.

Elle laisse échapper un rire. J'extrais mes doigts de son sexe, la soulève du séchoir et passe ses jambes autour de ma taille. « Ce n'était qu'un échauffement.

— Quel homme plein de surprises », dit-elle en enfouissant ses doigts dans mes cheveux.

～

Miranda

Sacré homme des bois. Il va falloir me décrocher de la lune, parce que j'y suis encore, une chiffe molle flottant en apesanteur. Le plaisir continue de se répercuter partout, mais surtout entre mes jambes. Mon sexe est embrasé et danse le Charleston pour célébrer mon premier orgasme convenable.

De toute ma vie.

Je n'ai même pas autant de chance quand je me masturbe.

Mais Caleb a joué de mon corps comme un musicien faisant l'amour à son instrument.

Il me porte jusqu'à sa chambre et me dépose sur un gigantesque lit à baldaquin en fer. « Je reviens tout de suite », murmure-t-il. Je l'entends faire couler de l'eau dans le lavabo de la salle de bains, probablement pour se laver les mains.

Une excitation vertigineuse monte au creux de mon ventre alors que je comprends que ce n'était peut-être que le début. Après tout, il n'a pas encore obtenu satisfaction. Voudra-t-il que je le suce ?

Généralement, c'est ce que j'aime faire le moins, mais sans que je sache pourquoi, ça me semble différent avec lui. Peut-être parce qu'il vient de me donner le meilleur orgasme de ma vie. Quand il revient dans la chambre, ses yeux brillent vivement. Ils ne sont pas aussi sombres que d'habitude et leur couleur paraît presque ambrée. Il pousse un grondement animal avant de monter sur le lit, puis passe ses mains sous mes cuisses et les écarte.

Il me donne un grand coup de langue et s'installe entre mes jambes, puis sa langue recommence ses tours de magie. Bon Dieu. Sérieusement ? Encore un cunnilingus ?

Je ne suis pas sûre de pouvoir en supporter davantage. Mince, mon clito est devenu si sensible. Oh, mais c'est si bon. Je me tortille sur le lit en dessous de Caleb, sa moustache et sa barbe irritant ma peau pendant que sa langue fait des choses incroyables à mon entrejambe. De la chaleur s'éveille à nouveau dans mon bas-ventre, inondant mon corps. Je pince mes propres tétons, ce que je n'avais jamais fait, et me cambre sur le lit. Des cris désespérés s'échappent de ma gorge.

« Chérie, j'adore t'entendre ronronner », dit Caleb d'une voix rocailleuse.

Je tends le bras vers sa tête et pousse ma chatte trempée contre son visage. J'en veux encore, plus. Il rit doucement et s'écarte. Son absence me fait presque sangloter. Il saisit mes poignets et les rassemble dans une de ses grandes mains. « Docteur, ce n'est vraiment pas toi qui commandes. »

Je tente de comprendre le sens de ses mots. J'humecte mes lèvres. « Alors, t-tu es l'un de ces types qui a besoin d'avoir le contrôle ? » Le tremblement de ma voix m'empêche de poser la question sur un ton de défi.

Son sourire est espiègle. Entendu. Il se redresse et plaque mes poignets au-dessus de ma tête. « Entrelace tes doigts, docteur. »

Mince, j'adore qu'il m'appelle *docteur*. « P-pourquoi ? »

Il fait rouler mon mamelon entre son index et son pouce. Je sens son geste se répercuter entre mes cuisses. « Tu veux voir ce que je peux faire d'autre ? »

Ouais, je suis plus ou moins son esclave, maintenant. Je ferais n'importe quoi pour découvrir ce qu'il peut faire d'autre. Même si c'est totalement dégradant.

Je le regarde sans ciller. Je ne me suis jamais sentie aussi vulnérable, et pourtant, je me sens aussi en totale sécurité.

Protégée, même. J'acquiesce et entrelace lentement mes doigts.

« Maintenant, garde ces mains sur ta tête, docteur. Si elles bougent, tu recevras une autre fessée. » Le pli suggestif de ses lèvres est tellement sexy.

Caleb, petit coquin ! On dirait un autre homme. Toute trace de son mauvais caractère a disparu, remplacée par une sombre séduction.

Il place ses doigts sur les miens et me fait tourner la tête pour exposer mon cou. Il glisse sa bouche ouverte le long de ma peau, jusqu'à mon épaule, où il me mord doucement. Puis sa langue apparaît, passe sur ma clavicule et dans le creux de ma gorge, entre mes seins.

J'ondule mes hanches dans le vide, de plus en plus aux abois. J'en veux davantage. Un orgasme. Tout. Il effleure mon téton droit de ses dents, me faisant sursauter, mais il efface immédiatement la douleur avec sa langue.

Mon corps tremble, il en veut plus, souhaite désespérément savoir ce qui vient ensuite. Caleb prend son temps. Il passe à l'autre mamelon, le suce, l'embrasse, le mordille.

J'ai envie de le toucher, sans avoir de plan précis, simplement pour participer, pour être connectée à lui, mais je me souviens à temps de ne pas bouger les mains.

« Caleb, je n'en peux plus, dis-je en un sanglot. Je t'en prie. »

Il s'assied sur ses talons et tapote paresseusement mon clitoris de son pouce. « Qu'est-ce qui se passe, docteur ? Tu as encore besoin de jouir ? »

Je m'empresse de hocher la tête, baissant les yeux vers la bosse dans son jean. « Oui. Est-ce que tu vas, euh… »

Il serre son sexe à travers le tissu, mais secoue la tête. « Je n'ai pas de capote. »

Je ne peux décrire le désarroi qui me traverse. « Quoi ? »

Oh.

J'apprécie sa sincérité et sa prévenance.

Je me lèche de nouveau les lèvres. Bon sang, je dois perdre cette habitude. « Eh bien, je prends la pilule. Juste pour réguler mes règles. Donc, hum, si tu veux… Enfin, je n'ai rien. Et toi ? »

Ses yeux luisent. Je veux dire, je jure qu'ils brillent vraiment. Comme ceux d'un chat la nuit.

« Je n'ai rien, dit-il d'une voix rauque. Tu es sûre ? Après tout, tu n'as pas pris ta pilule aujourd'hui.

— J'en prendrai deux demain. Ça ira. » C'est une première. Que je sois celle qui supplie pour avoir du sexe, qui tente de convaincre mon partenaire, et non l'inverse.

Caleb plonge son regard dans le mien en touchant son érection dans son jean. Son corps est souple et puissant. Une sublime masse de muscles encrés.

Un frisson me traverse.

On va le faire.

Avec Caleb, l'homme des bois musclé, terriblement séduisant et bientôt nu.

« Tourne-toi.

— Pardon ? » Surprise, je hausse les sourcils.

« Tu m'as entendue. Je veux te baiser par-derrière. Tu peux lâcher tes doigts, maintenant.

— Je veux d'abord te regarder te déshabiller », dis-je avec entêtement.

Il esquisse un sourire en coin. « Est-ce qu'on négocie ? Je croyais que j'avais les rênes.

— C'est ce que tu croyais, oui. » Mais malgré ma réplique du tac au tac, je suis totalement distraite de notre conversation quand je m'aperçois que son jean est ouvert. L'avant de son boxer s'étire, dissimulant ce que je désespère de voir.

Oh, bon Dieu. C'est aussi gros que je le soupçonnais !

Énorme, vraiment. Il se débarrasse de son jean et son boxer.

Un soupçon de peur me noue le ventre. « Je ne suis pas sûre que ça va rentrer, dis-je d'une petite voix.

— Oh, ça rentrera. Et tu aimeras ça. Maintenant, retourne-toi. »

Ooh. Cette attitude autoritaire me fait vraiment de l'effet. Le creux de mon ventre se liquéfie, de la chaleur se répand sur l'intérieur de mes cuisses. Ça me fait grimper aux rideaux. Je roule sur le ventre, puis le regarde par-dessus mon épaule. Je ne veux pas en perdre une miette.

Il sourit en montant sur le lit. « Bonne fille. Ouvre-toi pour moi. »

Je suppose qu'il veut que j'écarte les jambes. C'est donc ce que je fais, plaçant mes chevilles de part et d'autre du lit.

« Mmm, gronde-t-il. Putain, que c'est beau. »

Et je me sens effectivement belle. Sexy et désirable. Trois choses que je n'ai jamais, au grand jamais l'impression d'être. On reluque peut-être régulièrement mes gros seins, mais d'habitude, ça ne m'inspire que de la honte. De la frustration ou de la colère, si je suis plus en forme.

Non, à cet instant, je reçois son compliment d'une tout autre manière. J'y crois. Je m'en délecte.

Il s'agenouille entre mes jambes et les écarte davantage de ses genoux. « Tu sais à quel point tu es belle ? »

Il ne cesse de le répéter. *Belle.*

« Je me sens belle, tout de suite », dis-je en un souffle.

Il prend mes poignets et les lève au-dessus de ma tête, comme il l'a fait lorsque j'étais sur le dos. Il se penche vers moi, son souffle tombant doucement sur mon oreille. « Tu as intérêt à le croire. Sinon, tu recevras une autre leçon. »

Une autre leçon.

Je n'ai pas la moindre idée de ce que ça signifie, mais

ça a l'air cochon. Ça me met l'eau à la bouche. Je sens que je vais adorer ça.

« Maintenant, tu vas prendre ma grosse bite, parce que tu sais que je m'en servirai bien. » Il approche son gland de l'entrée de mon sexe. C'est si agréable de le sentir à nu, son érection soyeuse glissant dans ma moiteur.

Je le veux en moi.

Tellement.

Je cambre les fesses, me presse contre lui.

Il pouffe en me pénétrant de son gland.

Je gémis.

Il s'enfonce progressivement en moi. Deux centimètres. Puis deux autres. Je force mes muscles à se détendre. Je suis tellement mouillée qu'il glisse comme s'il était fait pour moi. Ou moi pour lui.

C'est délicieux. Fichtrement parfait. Toutes les attentions de sa langue étaient géniales, mais rien ne remplace une bite. Pas même des doigts ou tous les vibros que j'ai pu essayer. Non, voilà la satisfaction que je recherchais. C'est ce dont j'ai besoin. Même si sa grosse virilité m'étire, me remplit à ras bord, le plaisir surpasse toute peur.

Il continue de s'enfoncer en moi jusqu'à ce que son bas-ventre touche mes fesses, puis commence des va-et-vient, percutant mon cul à chaque passage.

Aucun partenaire ne m'avait jamais prise par-derrière. D'accord, je m'aperçois maintenant que mon expérience était vraiment très limitée. Mais j'adore cette position. Je suis un peu plus stimulée chaque fois qu'il rebondit contre mon derrière. Il est profondément en moi, mais ce n'est pas douloureux ; c'est totalement parfait. Je gémis.

« Oui… Encore.

— Oh, tu vas en avoir encore. » Suivant sa sombre promesse, sa main se pose sur ma nuque et me maintient en place alors qu'il me baise plus fort.

Plus vite.

Un cri dévergondé résonne dans la chambre. J'imagine qu'il vient de moi, sans en être certaine, parce que je perds complètement la tête.

Je tente d'articuler des mots, mais il ne s'échappe que du charabia de ma bouche.

Ça continue, encore et encore. Chaque aller-retour me plonge dans une frénésie plus intense. Je veux que ça ne s'arrête jamais, pourtant j'ai besoin que notre étreinte atteigne sa conclusion naturelle, avec un tel désespoir que je griffe le couvre-lit.

« Oui, s'il te plaît, oui ! » Il plonge encore plus violemment en moi, son bas-ventre frappant mon cul comme une fessée érotique.

Caleb pousse un grondement bas, un son bestial, puis rugit juste avant de s'enfoncer en moi jusqu'à la garde et jouir.

Je hurle mon approbation tandis que mes muscles internes se contractent autour de son membre, l'enserrent et le vident de sa semence. Je jure que je sens la chaleur de son sperme me brûler. Des feux d'artifice explosent sous mes paupières. Je ne me suis jamais sentie si féminine. Je n'ai jamais été capable de recevoir tant de plaisir. Jamais connu les affres de la passion.

Caleb me l'a enseigné.

Mon grincheux sauveteur. L'homme des bois barbu aux muscles sculptés.

Lorsque je tourne la tête pour l'observer par-dessus mon épaule, il repousse les cheveux devant mon visage. « Ça va ?

— Oh, oui.

— Tu penses toujours que le sexe est surfait ? »

Mon rire est enroué. « Pas la façon dont tu le fais. »

Son sourire de satisfaction fait voleter des papillons

dans mon ventre. Il est tellement beau quand il sourit. Ses dents blanches brillent, le coin de ses yeux se plisse.

À cet instant, je m'aperçois qu'il a des rides de sourire autour des yeux. Cet homme avait coutume de rire et sourire souvent.

Alors, qu'est-ce qui a changé ?

CHAPITRE HUIT

Caleb

Je devrais être furieux contre moi-même. Ou au moins malade de culpabilité. Et j'en ressens un peu. Mais surtout… surtout, je remarque à quel point je me sens *sain d'esprit.*

Depuis trois ans, je vacille à la lisière de la folie. J'ai trop souvent laissé l'ours aux commandes et perdu pied avec la réalité. Avec la vie. Avec mon humanité. Je me suis même parfois demandé si j'étais responsable de ce qui est arrivé à Jen et Gretchen. Elles ont été tuées par des griffes d'ours, après tout.

Et maintenant, après une baise avec une jeune humaine, je suis de nouveau moi-même. J'arrive à réfléchir normalement. Plus clairement. J'ai l'impression d'être plus concentré, que le brouillard s'est dissipé.

« Ça donnait quoi, sur ton échelle de notation ? » Miranda me regarde, les yeux mi-clos, comme si elle avait pris des pilules qui rendent timide et qu'elles faisaient soudain effet. Ses joues sont d'un joli rose, sa chevelure rousse emmêlée crée un halo autour de son visage radieux.

Je fronce les sourcils. Sa question impliquerait que je la note par rapport à d'autres femmes, ce qui me fait immédiatement penser à Jen.

Le docteur rougit de plus belle, et j'ai envie de me mettre des coups. Blesser son amour-propre n'a jamais été le but. J'avais peut-être quelque chose à prouver, mais ce n'était pas son manque de compétences ou d'attrait.

Je me passe une main sur le visage, puis sur ma barbe. « Je n'ai jamais autant pris mon pied en trois ans. » Voilà, c'est une vérité dont je n'ai pas à me sentir coupable.

Mais elle est trop intelligente. Elle s'appuie sur ses avant-bras et incline la tête de côté. « C'est la seule fois que tu as pris ton pied avec quelqu'un en trois ans ?

— Bien vu », dis-je en lui offrant un sourire chagrin.

Elle s'assied sur le lit, sa généreuse poitrine glissant vers le bas lorsqu'elle se redresse. Putain, elle est si sensuelle. Si séduisante. Bien que je vienne à peine d'avoir un orgasme, un orgasme puissant, mon sexe gonfle de nouveau.

Elle le remarque.

Cependant, sa question suivante ne contient aucune ruse. Pas d'agressivité, pas de timidité. Pas de jugement non plus.

« Tu as perdu quelqu'un, Caleb ? » Sa voix est douce. Apaisante.

Un son s'échappe de mes lèvres. Une espèce d'aboiement. Ni un rire, ni un sanglot, quelque chose entre les deux. Je me laisse tomber sur le lit à côté d'elle et fixe le plafond. Je me sens trop vulnérable pour la regarder dans les yeux. « Je ne sais pas comment tu l'as compris.

— Manifestement, ce chalet t'appartient, mais il comporte aussi des touches féminines.

— Ben, merde. Tu as étudié les données, hein ? Je suppose que c'est pour ça que tu as un doctorat et pas moi. » Je joins mes mains derrière ma nuque. D'habitude, je suis agacé, voire carrément furieux quand des gens veulent parler de mon deuil. Pourtant, sans que je comprenne pourquoi, cette conversation est un soulagement.

Comme si mon passé était un fardeau que je souhaitais partager.

Et Miranda est la parfaite interlocutrice. Elle ne parle pas. Ne pose pas d'autres questions. Elle se contente d'offrir son silence, me faisant cadeau d'un espace d'écoute. Un espace que je peux remplir si j'en ai envie. Ou non.

« Ma femme et ma petite fille ont été tuées il y a quelques années. »

J'entends son inspiration stupéfaite, mais elle se retient toujours de parler. Pour me laisser m'exprimer.

« Je les ai trouvées près du fleuve. C'était une attaque d'ours. Ou du moins, c'est ce qu'a dit la police. Leurs corps ont été déchiquetés par un animal sauvage. Je ne sais pas… ça n'a pas de sens pour moi. »

Elle attend encore un peu avant de murmurer : « J'ai entendu parler de l'attaque. Pour moi non plus, ça n'avait pas de sens. Pour être honnête, je l'ai mis sur le compte de l'étroitesse d'esprit des habitants de petites bourgades. »

Je me tourne pour la regarder. Ses mots sont si bienvenus. Comme une corde à laquelle me raccrocher. J'ai l'impression d'être fou depuis tant de mois. Tous les gens qui m'entourent, y compris les métamorphes, pensent qu'il ne peut s'agir que d'un ours. Les métamorphes estiment que quelqu'un a perdu le contrôle sur son animal, a perdu son humanité et est devenu fou. Un peu comme ce qui a failli m'arriver après leur meurtre.

Les humains pensaient que l'ours devait avoir la rage. Ou qu'il était trop agressif.

Mais cette écologiste hautement intelligente et éduquée sait que ça ne peut pas être vrai. Tout comme moi.

Elle tend le bras et touche mon biceps du bout des doigts. « Merci de me l'avoir dit. Je ne peux pas imaginer à quel point ça doit être difficile pour toi.

— Arrête », dis-je, lui coupant la parole. Je ne veux pas de sa compassion, même si elle m'apaise comme un baume.

« Tu… tu veux que je retourne dormir dans ma chambre ? » C'est une proposition gentille, et elle me soulage. Je ne lui aurais pas demandé de sortir de la pièce, mais je me sentais soudain mal qu'elle se trouve dans ce lit.

« Ouais. Ce serait peut-être mieux. » Ma voix est plus bourrue que je n'en avais l'intention. Elle grimace.

Merde.

Je lui prends la main alors qu'elle s'écarte de moi. « Miranda ?

— Oui ? » Elle se retourne, sa chevelure rousse bruisse en glissant sur son épaule.

« Merci », dis-je avant de la lâcher.

Elle rit, surprise, se lève, puis prend un oreiller pour couvrir sa nudité. « Je ne sais pas vraiment pourquoi, mais de rien.

— Pour ça, dis-je en désignant le lit. Et pour… » Je me passe de nouveau une main sur le visage. « Pour m'avoir écouté. »

Elle hausse les sourcils, prise de court. « Ouais. Avec plaisir. Merci pour, hum, les données de recherche. »

Je ne peux retenir le sourire qui se forme au coin de mes lèvres. Et tout à coup, le désir de lui donner d'autres points d'analyse fait surface.

Heureusement, elle est déjà à la porte.
« Bonne nuit, Caleb. »
Ouah. Ça a l'air tellement familier. Tellement intime.
« Bonne nuit, docteur. »

CHAPITRE NEUF

Caleb

Je ne ferme presque pas l'œil, ce qui ne me ressemble pas, surtout en hiver. C'est comme si mon ours pensait que l'été est là. Il est heureux.

Vraiment heureux, je veux dire. Qui aurait cru qu'il lui suffisait de se taper une jolie scientifique ?

Même ma culpabilité ne peut lui ôter sa joie.

Merde, je suis carrément gai quand je sors du lit à l'aube et allume la machine à café. Une demi-heure plus tard, j'ai préparé tout le nécessaire pour cuisiner des omelettes au saumon, aux épinards et au fromage frais pendant que des pommes de terre aux oignons cuisent dans une poêle.

« Ouah, ça sent super bon ici. »

Je me tourne pour regarder Miranda entrer. Elle porte son débardeur et mon jogging. Son chien trotte à ses pieds. Elle est adorablement décoiffée, son épaisse chevelure en désordre après que je l'ai brutalement baisée hier soir. Ses yeux verts, encore ensommeillés, brillent. J'ai *tu es belle* sur le bout de la langue, ce qui me surprend.

Ce n'est absolument pas approprié. Enfin, ce n'est pas non plus inapproprié, mais nous ne sommes pas en couple. Nous avons couché ensemble pour prouver quelque chose, rien de plus. Je ne peux pas tout à coup me comporter avec elle comme si elle était ma petite amie.

Ça n'empêche pas ma queue de grossir quand je vois sa poitrine remuer sous son débardeur. Je m'imagine soudain soulever son petit haut et verser du miel sur ses seins, juste pour les lécher avec application.

Elle doit remarquer mon état d'esprit ; ses mamelons durcissent et sa respiration s'accélère. Malgré les odeurs de nourriture, je détecte le parfum de son désir.

« J'ai dormi comme une souche, dit-elle avec un rire gêné.

— Une bonne partie de jambes en l'air a cet effet.

— Ouais. » Un autre gloussement. Elle repousse les cheveux de devant ses yeux. « Tu n'as plus besoin de me convaincre. Je suis convertie. Tu ne loues pas tes services, par hasard ? » Ses joues se teintent d'un rose sombre, comme si elle n'arrivait pas à croire ce qu'elle vient de suggérer.

Et maintenant, je suis dur comme la pierre. « Eh bien, je te fournirai avec plaisir un ou deux autres, tu sais… éléments à examiner. Pour tes recherches, j'entends. » Ma voix est plus grave que d'ordinaire.

Ses tétons se dressent un peu plus.

Elle ferme à demi les yeux et fait deux pas vers moi. Ses mains remontent sur ses côtes et se posent sur ses seins.

Putain de merde.

Je la rejoins en un éclair. Je me suis sans doute involontairement déplacé à une vitesse de métamorphe. Je lui prends les mains, la retourne et la fais reculer jusqu'à ce que son dos rencontre mon réfrigérateur, que l'impact fait trembler. Je penche la tête et capture ses lèvres pleines. Putain, je leur déclare la *guerre*. Je presse mon corps dur contre le sien, doux et souple, frottant mon érection contre son ventre.

Elle gémit et agrippe mon biceps comme si sa vie en dépendait.

Sans ménagement, je plonge ma main dans son jogging et plaque ma paume contre sa chatte. Elle est trempée. Mon doigt glisse dans sa chaleur sans que j'aie besoin de faire quoi que ce soit.

Elle me rend mon baiser, sa bouche remuant éperdument contre mes lèvres. Sa langue s'entortille autour de la mienne.

«Je vais te baiser contre ce frigo, dis-je d'une voix rauque en soulevant sa jambe pour la placer autour de ma taille. J'ai besoin de ton consentement ?

— Tu l'as », ahane-t-elle. Elle passe ses mains sous mon T-shirt et touche mes pectoraux.

«Tu es belle. » Je l'ai dit, maintenant. Parce que ça devrait l'être. Elle mérite de l'entendre souvent, et j'ai le sentiment que ce n'est pas le cas.

Je déboutonne mon jean et libère mon sexe pendant que je plaque mes lèvres sur les siennes en un autre baiser brutal. Je baisse son jogging jusqu'au sol, m'accroupis et lui donne un grand coup de langue pour goûter son nectar.

«Oh ! » Ses hanches ondulent, son cul nu laisse une empreinte chaude sur mon réfrigérateur.

Je perds tout espoir d'aller lentement et de faire correctement les choses. Mon ours a de nouveau besoin de la baiser, et elle en a envie, donc je vais juste foncer. Je me lève et la transperce de mon érection.

Elle écarquille ses yeux verts et les lève vers mon visage. Je dois fléchir les genoux, mais je lève sa jambe plus haut et la pose sur mon avant-bras pour avoir un meilleur accès. Le mouvement oriente sa chatte vers moi, et celle-ci s'ouvre comme une fleur. Je m'enfonce dans sa délicieuse chaleur, la pénètre jusqu'à la garde. Le réfrigérateur tape contre le mur avec un bruit sourd, les pots de condiments frémissent sur les étagères. J'adore que son regard surpris reste plongé dans le mien, comme si elle ne voulait rien rater. Ou qu'elle avait besoin d'indications pour savoir ce qui se passe. Son innocence devrait me donner envie d'être délicat et d'aller doucement, mais c'est tout le contraire.

Putain, ça me donne envie de la *dévorer*.

De la *ravager*.

Je suis le prédateur, et elle ma proie. Mon prochain repas.

Je lui donne de puissants coups de reins. Elle a le souffle coupé chaque fois que mes hanches percutent les siennes. Son cul entre en collision avec le réfrigérateur, le réfrigérateur avec le mur. Je ralentis lorsqu'elle laisse échapper un petit gémissement.

« Ça va, docteur ?

— Putain, oui, lâche-t-elle, ce qui me fait rire.

— Tant mieux, dis-je en un grondement. Parce que je vais te baiser si fort que tu ne marcheras plus droit.

— J-je crois que c'est déjà le cas. » Le rire et le désir se mêlent dans sa voix mélodieuse.

« Tu vas te laisser faire, parce que tu sais que je te ferai du bien. Pas vrai ?

— Si ! Oui, Caleb. »

J'adore entendre mon prénom sur un ton si passionné. Je tends mon bras qui tient sa jambe et mon majeur trouve son anus.

Elle crie, sa chatte de plus en plus trempée.

« Tu me laisseras même te prendre là quand je le déciderai », dis-je, taquin. Je ne sais pas pourquoi j'ai besoin de faire des commentaires cochons, mais elle y répond par un gémissement bruyant. Elle semble sur le point de jouir.

« Ah, ça t'excite, pas vrai, docteur ? » Je masse son anus et le tapote légèrement, tout en la limant si fort que le réfrigérateur risque de traverser le mur. Et les murs de ce chalet sont des troncs robustes.

« Tu veux que je baise ce petit trou serré ? » Je continue à tapoter son anus.

« Oh, mon Dieuuu… »

De la chaleur déferle à travers mon corps. Mes dents s'allongent comme si je souhaitais la mordre, la marquer comme ma compagne. Je ferais mieux de jouir vite, sinon ça pourrait mal finir.

« Tu es prête à jouir, docteur ? Tu crieras mon prénom à ce moment-là ?

— Oui, Caleb, *oui !* » Je la pilonne en d'implacables va-et-vient, m'assurant qu'elle sente chaque centimètre de mon sexe, qu'elle apprenne ce que signifie prendre une énorme bite de métamorphe.

Alors que je la baise à lui faire perdre la tête, j'ordonne : « Crie-le.

— Caleb, Caleb, Caleb, oh-mon-Dieu, oui ! Oui, Caleb ! »

Je m'enfonce profondément et jouis tandis que ses parois se contractent autour de mon membre. Mon ours rugit de satisfaction. Ou peut-être était-ce moi ? Tout ce que je sais, c'est que le contentement m'emplit entière-ment, déversant du bien-être dans mes entrailles, comme un onguent. Mes émotions s'apaisent, mon esprit se tran-quillise.

Ma vue redevient claire et je m'aperçois que je la tiens toujours, frissonnante et haletante, contre le réfrigérateur. Ses seins lourds glissent contre mon torse à chaque respiration.

Je lâche d'abord sa jambe, ce qui modifie l'angle de pénétration et décuple mes sensations alors que je suis toujours profondément en elle. Puis, à regret, je m'écarte. « Ça va ?

— Mm-hm. » Elle se lèche les lèvres. Flageolante, elle rit faiblement. « Mais je crois que je ne tiens pas debout.

— Je vais te tenir, chérie. Je ne te laisserai pas tomber. » J'embrasse sa tempe. Il s'agit d'un geste tendre. Rien à voir avec le sexe déchaîné qui vient d'avoir lieu. Ça me semble anormal. Non, c'est faux. Ça m'a paru naturel, c'est pour ça que je l'ai fait.

Mais je veux que ce soit anormal. J'en ai besoin. Parce que je ne cherche pas à séduire cette jolie femelle ou à en faire ma compagne. J'assouvis simplement un désir charnel avec elle. Rien de plus.

Elle ne veut rien de plus.

Moi non plus.

Fin de l'histoire.

Elle reste un moment dans mes bras, puis me repousse avec douceur quand Ours geint près de la porte arrière.

Je me penche pour ramasser son jogging et le lui donne. « Tu as un creux ? »

Son sourire éclaire toute la cuisine. « Je suis affamée. »

Miranda

Bon sang de bonsoir. Maintenant, je comprends l'expression *les affres de la passion*. C'est lorsque votre corps prend le dessus sur votre cerveau et que vous feriez n'importe quoi pour obtenir satisfaction.

Et, aucun doute, je l'ai obtenue. Mon homme des bois est une *bête sauvage*.

Genre, un véritable animal. Comment ai-je pu penser que le sexe n'était pas divertissant ?

Pouah, parce que j'ai connu les partenaires les plus nuls de toute l'histoire de la copulation, voilà comment.

Je remonte le jogging de Caleb et vais ouvrir la porte à Ours. Je glapis quand de la neige dégringole à l'intérieur. Mon chien bat de la queue, comme si la neige était une amie ayant envie de s'amuser. Elle s'est accumulée presque jusqu'au sommet de la porte, mais laisse filtrer le jour sur une quinzaine de centimètres. Le soleil tombe pile dans mes yeux.

N'ayant nulle part où aller, Ours urine sur la première marche, là où l'avancée de toit a empêché la neige de s'accumuler.

Caleb apparaît derrière moi et me frappe les fesses. « On dirait que la neige ne tombe plus.

— Hum, comment est-ce qu'on sort ? »

Son rire bas est séduisant. « Je suppose qu'on devra creuser un tunnel. »

Oh. Ouah. Ça a l'air si amusant quand il le dit. Comme s'il s'agissait d'un jeu, juste avant de construire des bonhommes de neige et un igloo.

Je referme la porte et utilise la serviette dont il s'est servi hier soir pour éponger la neige fondue sur le plancher.

Caleb est déjà parti dans la cuisine. Il se lave les mains, puis casse des œufs dans un saladier.

Je m'approche tranquillement, attirée par son corps comme par un aimant. « Tu fais quoi ?

— Une omelette au saumon, ça te dit ?

— Oh, mon Dieu, tu es sérieux ? Je donnerais ma vie pour en avoir. »

Il se retourne et son regard noir me cloue sur place. « C'est trop tôt pour ce genre de blagues. »

J'éclate de rire.

« Tu ne mourras pas. Pas tant que je serai là. »

De la chaleur se déploie dans ma poitrine. Et sur mes joues. Je suppose que je rougis. Caleb me grogne que mon omelette est prête.

Je lui prends l'assiette des mains. Elle est emplie de pommes de terre et de la plus appétissante omelette que j'ai jamais vue. « Merci. J'ai hâte. Je n'ai jamais mangé d'omelette au saumon. »

Le coin des yeux de Caleb se plisse lorsqu'il sourit.

C'est ma nouvelle chose préférée.

Je m'assieds pour manger pendant qu'il se retourne vers la cuisinière pour préparer une seconde omelette. « Alors, tu aimes vraiment le poisson ? J'aurais pensé qu'un type comme toi préfèrerait la viande rouge.

— Je mange de la viande rouge, répond-il en haussant les épaules. Mais j'aime pêcher, donc je mange du poisson. »

C'est une réponse si directe, si simple, de la part d'un homme qui l'est tout autant. Je l'ai peut-être trouvé grognon au départ, mais au moins, il ne tourne jamais autour du pot. Ses intentions sont toujours claires. Ça me plaît chez lui.

Je me lève et me sers du café. J'aime voir avec quelle aisance il se décale pour me laisser passer. Comme si j'étais chez moi. Ou la bienvenue. Comme si nous étions colocataires… avec certains avantages.

Cette pensée me tire un sourire.

Je commence à fredonner à voix basse en servant deux tasses de café. J'ajoute du lait et du sucre à la mienne. La veille, j'ai remarqué qu'il boit le sien noir.

Il s'installe avec son omelette et nous mangeons dans un silence agréable — rien à voir avec les blancs dans la conversation d'hier.

« Alors, tu penses que je rentrerai au labo aujourd'hui ?

— Ça m'étonnerait, répond Caleb, la bouche pleine. Ça dépend si le soleil brille. Beaucoup de neige doit d'abord fondre. Je ne pense pas qu'on arrivera à creuser un tunnel sur tout le chemin. » Un sourire plisse de nouveau ses yeux, et mon cœur s'emballe.

Ouah. En trente-six heures, je commence à tomber amoureuse.

Non ! Je ne peux pas tomber amoureuse. Ce n'est que du sexe. Ainsi qu'une expérience. Et, de toute manière, je déteste les hommes.

Mais la sexualité n'a aucun aspect politique dans ce chalet. Il n'y a ni statut ni affectation. Je n'ai pas à prouver ma valeur. Bon sang, il insiste pour m'appeler *docteur*. Il n'est certainement pas intimidé par mon diplôme ou mon intelligence.

Nous sommes tout simplement deux personnes coincées ensemble dans un chalet.

Nous finissons de manger, puis je me douche et passe les vêtements que je portais lorsqu'il m'a secourue. Quand je sors de la salle de bains, je m'aperçois que Caleb ne plaisantait pas. Il a déjà commencé à creuser un tunnel devant la porte d'entrée et créé un chemin, large d'environ soixante centimètres sur à peu près trois mètres de long. Les murs de neige sont plus hauts que moi. Ours aboie joyeusement. Il court dans la neige et remue la queue.

Je ris, ma joie faisant écho à la sienne. C'est comme si nous étions dans notre propre *Docteur Jivago*. Dans un paysage hivernal féerique. Caleb se déplace avec une grâce fluide et une apparente aisance, se servant d'une pelle pour rejeter de la neige à un bon mètre cinquante sur les deux côtés. Je me fige pour reluquer ses fesses musclées moulées dans son jean et admirer la puissance de ses mouvements.

Après une minute, je lui touche le dos. « Tu veux que je prenne le relais ? »

Il porte un bonnet en laine, mais à part ça, il n'est pas très couvert. J'imagine que pelleter est un dur labeur. Son front se plisse en une expression incrédule et il fronce les sourcils. « Ah, non, docteur. Sans vouloir te manquer de respect, je me débrouille. » Ses mots contiennent une touche de sexisme pompeux, mais au lieu de me vexer, ils me réchauffent le cœur. Je devine qu'il pense que me donner la pelle ne serait pas galant.

Je suis heureuse de le laisser être l'homme, dans ce cas précis. Surtout parce qu'il a si belle allure en le faisant.

« Eh bien, merci. Où est-ce que tu te diriges ?

— Je devrais bientôt atteindre mon pickup, à moins de m'être trompé. » Il lève la tête vers les arbres, puis se tourne vers la maison. « Non, le pickup devrait être à environ trois mètres.

— Et ensuite ?

— Ensuite, je vais le déterrer et voir si le chasse-neige fonctionne toujours. C'est un gros véhicule, mais je ne pense pas qu'il ait déjà été si profondément enterré. »

Oh, Dieu merci. Il a un chasse-neige. Bien sûr que oui. Ça colle avec l'homme des bois travaillant dans la construction.

« Et s'il ne fonctionne pas ? » Je ne sais pas pourquoi je pose tant de questions, mais je ne suis vraiment pas dans mon élément. Je suis totalement à la merci de ses connaissances et son expérience. À moins qu'il m'y emmène, je ne peux aller nulle part.

« Dans ce cas, je te fais rentrer dans ce chalet et je te donne quelques leçons supplémentaires pour tes recherches. »

Ma chatte se contracte. « Qu'avais-tu en tête ? »

Il cesse de manier la pelle et incline la tête de côté. « Le *bondage*. L'anal. D'autres fessées. »

C'est comme s'il venait de craquer une allumette et l'avait jetée dans une flaque d'essence. De la chaleur explose dans mes entrailles, des flammes lèchent l'intérieur de mes cuisses, mon anus, mes tétons.

« Peut-être un peu de *edging*.

— Qu'est-ce que c'est ? » Ma voix est un gazouillis. Je n'ai pas peur, pourtant un tremblement nerveux me traverse.

« C'est quand je t'emmène au bord de l'orgasme, mais sans te laisser jouir.

— Ça a l'air… horrible !

— Nan. Quand tu finiras par jouir, ce sera tellement bon que tu sangloteras à mes pieds. »

Mon sexe se contracte de nouveau et je rougis jusqu'aux oreilles. Je devrais trouver ça égotiste. Il laisse entendre que je serais à genoux… soumise à lui. Mais la façon détachée dont il le présente me donne à penser que c'est la vérité. Je *serais* à genoux, l'implorant de continuer. Et j'en adorerais probablement chaque minute.

« J-je ne pense pas que tu aies mon consentement pour ça. » Je commence à perdre mes moyens, ce que je me reproche très durement, d'habitude. Mais toutes mes insécurités s'envolent lorsque Caleb esquisse un sourire.

« Nous verrons. » Il reprend la pelle.

Je ramasse de la neige dans le mur à côté de moi et forme une boule pour la lui lancer. Elle s'écrase au milieu de son dos.

Il ne se retourne pas. Je ne suis même pas sûre qu'il l'a sentie. Étouffant un gloussement, je forme une autre boule de neige et vise sa tête. Elle atterrit dans son cou.

Je grimace, imaginant à quel point recevoir de la neige dans la nuque doit être désagréable, mais il se contente de hausser une épaule. « Tu dois vraiment avoir envie de cette fessée », grommelle-t-il sans se retourner ni cesser de déblayer la neige.

Cette fois, je ris à gorge déployée. Je prépare une nouvelle boule et la lance à nouveau en direction de sa tête. Je le rate, mais Ours la pourchasse et tente de l'attraper dans sa gueule. Lorsqu'il revient, des flocons tombent de sa langue pendante.

Caleb se tourne, de l'amusement dansant sur ses traits. « Chérie, si tu lances une autre boule, je vais te jeter dans cette congère. »

Je lui fonce dessus pour tenter de le plaquer dans la neige. Je ne redoute pas de lui faire mal ni qu'il s'inquiète qu'une femme plutôt bien en chair lui saute dessus, ce qui prouve combien je le trouve viril.

Je le percute de tout mon poids à moins d'un mètre, mais ne le renverse pas, ce qui prouve combien il est robuste.

Il m'attrape, un rire faisant vibrer son torse alors que je ceins sa taille de mes jambes et serre de toutes mes forces. Être tenue ainsi est incroyable. Comme si je ne pesais rien. Comme si je n'étais pas trop grosse ou trop lourde pour être portée. Comme s'il appréciait ce contact rapproché.

Ours saute aux pieds de Caleb, semblant vouloir participer à ce jeu.

« Bon, tu l'auras voulu. » Ses yeux sombres et intenses se posent sur mes lèvres.

En un souffle, je demande : « Ah ouais ?

— Oh, sans le moindre doute. » Son sourire contient une trace de malice. Il repart en direction du chalet, me tenant dans ses bras comme si je n'étais pas plus lourde qu'un chaton. « De toute façon, on n'allait pas sortir d'ici aujourd'hui. Je ne voulais pas encore te le dire, c'est tout. »

Eh ben, c'est gentil.

« Merci d'avoir essayé.

— Ne me remercie pas tout de suite. Tu ne sais pas quelle punition j'ai en tête pour toi. »

Des frissons d'excitation me parcourent. Je bénéficie de plus de sexe qu'une jeune mariée en lune de miel et j'ai l'impression que tout mon corps s'éveille. Pour la première fois de ma vie, je me sens désirable. J'ai envie de sexe. De rouler des fesses. Je suis prête à m'ouvrir à un homme.

Et ça n'a pas l'air effrayant.

Je me sens peut-être en sécurité parce que c'est à court terme. Cette petite idylle est encapsulée dans la période où la neige me gardera enfermée ici. Et si elle se prolonge au-delà, elle ne durera que les quelques jours de plus que je passerai à Pecos. Ensuite, je repartirai à Albuquerque et il restera ici. Fin de l'histoire.

Ne pense pas à ce moment.

Caleb me porte jusqu'à son lit et me pose au milieu du matelas. Ours nous suit et sautille autour de ses chevilles jusqu'à ce qu'il lui demande avec fermeté de quitter la chambre. Mon chien obéit immédiatement.

« Déshabille-toi », m'ordonne-t-il sur le même ton qu'il a parlé à Ours. Il retire sa veste, son T-shirt et ses bottes. J'ai une vue imprenable sur son torse tatoué, ses abdos musclés et le V que forment ses muscles avant de disparaître sous son jean.

« Pardon ? » Je me dois de m'offusquer de son attitude autoritaire.

« Tu as dix secondes, mon cœur. Sinon, il y aura des conséquences. »

Mon ventre frémit. D'accord, ça a l'air excitant.

« Quel genre de conséquences ?

— Une fessée, par exemple », répond-il en souriant.

Le frémissement se mue en une pluie d'étincelles et de la chaleur déferle dans mes membres. Avant même de prendre la décision de lui obéir, je commence à enlever mes vêtements.

Caleb ouvre sa commode et en sort une longue chaussette verte.

J'arque un sourcil, couvrant mes seins — ou au moins mes mamelons — de mon avant-bras.

Il s'installe sur moi sans cérémonie, son expression sérieuse, et prend mes poignets. En quelques mouvements rapides, il m'a attachée à la tête de lit avec la chaussette.

Qui aurait pensé que les chaussettes pouvaient être utilisées de façon si créative ?

Je tire. Je peux probablement me libérer, mais n'en ai pas envie. J'aime que la responsabilité de cet interlude repose entièrement sur ses épaules. Comme les autres fois, il me montre quelque chose. Je n'ai pas à être performante ou à prouver quoi que ce soit. Mes insécurités ne se manifestent pas. En vérité, elles disparaissent toutes parce que je me sens belle et désirable sous ses yeux.

« Dommage, marmonne Caleb.

— Qu'est-ce qui est dommage ?

— J'avais hâte de fesser ton cul bandant. J'imagine que je devrai me contenter de le baiser. »

Mon anus se contracte en réaction. « Hum… attends. Je ne suis pas sûre que…

— Tu ne l'es pas, mais moi si. » Il emploie son ton brusque, terre à terre, mais je suis presque certaine que si je n'en avais vraiment pas envie, il s'arrêterait en un clin d'œil. Caleb a un cœur de gentleman. J'en suis sûre.

Caleb

Je suis un enfoiré surexcité. Je n'arrive à penser qu'à toutes les façons dont je veux baiser cette belle humaine. Elle est allongée sur le dos, ses bras levés et attachés, ce qui remonte et écarte ses alléchants gros seins. Sa chevelure rousse soyeuse est étalée tout autour de sa tête. Sa toison n'est pas taillée, ce que je trouve foutrement sexy, parce que j'ai envie d'être celui qui la rase. J'ai ce fantasme de la mettre dans la baignoire et de retirer tous les poils situés en dessous de son menton.

Je souhaite lui montrer toutes les positions du *Kama-sutra*. M'assurer que son éducation à mes côtés est aussi rigoureuse que possible et qu'elle en adore chaque seconde.

Tout de suite, j'ai besoin de lubrifiant. Et pas qu'un peu, parce que je ne veux pas qu'elle ait mal quand mon énorme bite d'ours pénétrera son anus.

« Ne bouge pas. » Ça la fait rire ; elle ne peut pas, de toute manière. « Je reviens tout de suite. »

Je vais chercher de l'huile d'olive dans la cuisine et m'y lave les mains.

À mon retour, je m'arrête sur le pas de la porte et j'ai besoin de respirer profondément pour repousser le désir de la marquer.

Elle n'est pas métamorphe. Et je ne la revendique pas.

Mon ours recule. Parce que, ouais. Il est aussi excité que moi.

Son parfum de fraise et de glace se mélange à celui de son désir, emplissant la chambre de la plus douce fragrance.

« Écarte les jambes, chérie. » Ma voix a deux octaves de moins que d'ordinaire. Je suis toujours sur le seuil. Je veux être sûr que l'ours est sous contrôle avant de la toucher.

Quand elle emprisonne sa lèvre inférieure entre ses

jolies dents blanches et écarte ses genoux, les palpitations de mon sexe me font presque chavirer.

« Merde. » Je m'approche lentement et pose la bouteille d'huile près d'elle. Plaçant mes deux mains sous ses cuisses, je me repais de son entrejambe.

Elle crie au moment où ma langue touche son clito, puis se tortille contre mon visage en faisant les plus mignons petits bruits pendant que je la lèche. Je prends mon temps et fais bien gonfler son clitoris, ses sécrétions naturelles coulant sur ma langue.

Lorsqu'elle bredouille mon prénom avec urgence, je m'arrête enfin et ouvre la bouteille d'huile d'olive.

« Ohhh, Caleb. Oh là là. Je ne sais pas…

— Toi, non. Mais moi si. » Je fais couler quelques gouttes d'huile sur mes doigts. « Ton boulot, c'est de te détendre et te laisser faire. Le mien, c'est de m'assurer que tu aimes ça. Compris ? » Je frotte mon doigt huilé contre son anus, le lubrifiant bien avant d'appliquer un peu de pression. Le truc, c'est d'attendre un moment. Le cercle de muscles commence par se resserrer, puis se détend. J'attends que son anus se décontracte pour le pénétrer, tout en le massant pour en lubrifier l'intérieur.

Pendant qu'elle s'habitue encore à l'intrusion, je replaque ma bouche contre sa chatte et lui offre le cunni le plus généreux dont je suis capable.

Elle adore ça.

Elle gémit et s'agite, ses cuisses se serrant violemment autour de ma tête. Ses pieds emprisonnent ma taille comme si elle essayait de me faire reculer, mais chaque fois que je lève la tête pour respirer, elle m'attire de nouveau contre elle.

J'ajoute un deuxième doigt, que je remue pour élargir son petit trou et le préparer à recevoir ma bite.

Elle gémit, un son exprimant son plaisir et son besoin.

« Tu aimes qu'on baise ton cul, hein ?

— Seigneur, Caleb. Seigneur. Tu es si… cochon. *Oh-mon-Dieu.* J'ai tellement besoin que tu me baises. »

Constater les progrès que nous avons accomplis en si peu de temps me fait pouffer.

Je frotte mon pouce contre son clito tout en pénétrant son anus et lève la tête pour admirer la vue. « Tu es prête à te faire enculer ?

— Non. Oui. Je ne sais pas. Peut-être. J'ai peur.

— Ah, chérie. Tu n'as pas de raison d'avoir peur. » Je m'écarte pour détacher la chaussette maintenant ses poignets. « Tourne-toi et place ce coussin sous tes hanches », dis-je en lui montrant l'oreiller sous sa tête.

Elle s'exécute immédiatement, ce qui m'indique que ses craintes ne l'empêcheront pas de perdre sa virginité anale.

Je fais couler de l'huile entre ses fesses pâles, puis les écarte. « Tu as le meilleur cul. » C'est la vérité. J'ai un faible pour les culs, et le sien est généreux.

« J'ai un gros cul », dit-elle d'un ton ironique.

Je frappe sa fesse, où apparaît une empreinte de main rouge. « Tu as intérêt à aimer ce cul. » Je frappe l'autre fesse.

« Sinon, quoi ? demande-t-elle en riant. Tu le frapperas ? Je ne suis pas sûre que ce soit une preuve d'amour.

— Oh, c'en est une. » Je ris, moi aussi. Je lui assène une succession de tapes piquantes jusqu'à ce que sa peau claire prenne une jolie teinte rosée. « Aucun doute, c'est un témoignage d'appréciation. »

Elle serre les fesses et se tortille en gloussant.

« Mets tes mains entre tes jambes.

— Quoi ? »

Je la fesse, fort. « *Maintenant,* docteur. Quand je te donne un ordre, je m'attends à ce que tu obéisses. » Une nouvelle vague de son désir emplit mes narines, m'indiquant que je ne suis pas allé trop loin. Ma domination lui plaît.

Tant mieux, parce que j'aime foutrement être aux commandes. Je n'ai le contrôle sur rien depuis trois ans, y compris ma propre vie. Je n'aurais pas pensé qu'une activité aussi simple que montrer les bons côtés du sexe à un petit génie sexy serait un remède miracle, mais putain, ça fait certainement du bien.

Elle soulève les hanches, glisse sa main et replie ses doigts sur son sexe trempé.

« Bonne fille. Maintenant, continue de te toucher la chatte pendant que je m'occupe de ce cul. »

Elle laisse échapper un petit miaulement, mais je vois ses doigts bouger, frotter son clito enflé, glisser en elle. Je libère mon érection et pince mon sexe entre mes doigts, sans douceur. Par le ciel, que je bande pour elle. J'écarte ses fesses et aligne mon gland avec son petit trou.

« Respire à fond », dis-je en appuyant légèrement.

Elle prend une grande inspiration, comme si elle s'apprêtait à plonger sous l'eau.

Je ris doucement. « Expire, chérie. » Je pousse délicatement contre elle, attendant que les muscles de ses sphincters se décontractent et me laissent passer. « Prends-moi, Miranda. Caresse ta chatte et laisse-moi entrer. »

Elle se détend un peu plus et je la pénètre. Un centimètre, un autre.

Miranda exprime ce qu'elle ressent : une longue voyelle qui démarre, s'arrête, puis recommence. Je serre les dents pour me retenir, au prix d'un gros effort. De la sueur se rassemble à la naissance de mes cheveux, mais je progresse lentement, soutenant mon poids de mes bras tandis que je l'emplis et recule.

L'enculer est une forme de domination. C'est une

revendication, bien que je n'aie aucun droit de la posséder. Ni aucun désir de le faire.

Mais c'est un mensonge. Former Miranda pour qu'elle trouve un autre homme à qui réclamer du sexe de qualité devrait me satisfaire, mais il n'en est rien. Cette pensée me donne envie de la suivre à Albuquerque et d'arracher la bite de ce mec imaginaire.

Je la baise plus vite et commence à haleter.

Sa voyelle devient plus courte et sa voix gagne en volume.

Mon bas-ventre frappe ses fesses alors que je m'enfonce plus profondément, plus fort. Miranda remue frénétiquement ses doigts entre ses cuisses.

Mes testicules se contractent, de la chaleur se rassemble à la base de ma colonne vertébrale. Je jouis en un cri, frissonnant.

Miranda crie à son tour tandis que son anus enserre mon membre.

La forte pression me fait gronder. Elle finit par se détendre. Ses muscles se décontractent et sa respiration ralentit. J'embrasse son épaule avant de prendre conscience qu'il s'agit d'un geste affectueux.

Alors que nous ne faisons que coucher ensemble.

Mais il est trop tard pour revenir en arrière. Je m'écarte et vais me rincer dans la salle de bains, puis lui rapporte une serviette.

Les bisous et les câlins, c'est fini. Je dois me surveiller. Mon ours se comporte comme si je m'étais trouvé une nouvelle compagne, alors que ce n'est pas du tout le cas.

Je n'en aurai plus jamais. Et certainement pas une humaine.

CHAPITRE DIX

Miranda

Trois jours enfermée dans un chalet avec un homme des bois sauvage.

Trois jours, un homme des bois sauvage et le sexe le plus torride que l'on puisse imaginer.

Voilà bien une chose que je n'aurais pu prévoir lors de ce séjour professionnel. Mais toutes les bonnes choses ont une fin, et cet étrange chapitre — ou cet aparté — est terminé.

Hier, après mon éducation sexuelle, nous avons tué le temps ensemble. J'ai sorti ma tablette et nous avons regardé *The Voice*. Nous avons de nouveau fait chambre à part.

Aujourd'hui, le soleil a suffisamment fait fondre la neige pour que Caleb puisse sortir son pickup. D'après lui, il devrait pouvoir me ramener au labo de recherche.

Je ne sais ni quoi penser ni quoi ressentir tandis que nous partons. C'est comme si je vivais une expérience extracorporelle. Que j'assistais à ce qui se passe sans contexte ou point de référence.

Pendant le trajet du retour, j'essaie de prétendre que je ne suis pas une femme transformée. Comme s'il ne venait pas de révolutionner mon univers avec du sexe brutal et que je n'étais pas tombée amoureuse d'une âme douce, mais blessée, dissimulée derrière une façade bourrue.

« Ben, merci », dis-je en un murmure quand le pickup s'arrête derrière ma Subaru complètement recouverte de neige. « Pour tout. »

Caleb coupe le moteur et ouvre sa portière comme s'il s'apprêtait à me suivre à l'intérieur.

D'accord, je ne m'y attendais pas, mais nous n'avons pas vraiment défini ce qui se passerait ensuite.

Ours fonce à côté de Caleb, bondit et se précipite pour tout renifler. Caleb lève le nez et hume l'air, lui aussi, tandis qu'il parcourt des yeux le périmètre autour du chalet.

« Quoi ?

— Je m'assure simplement qu'il n'y a personne dans le coin. »

Je reste bouche bée, mais j'examine également les alentours. Il n'y a pas d'empreintes de pas dans la neige. Tout semble tranquille.

« À cause des femmes qui ont disparu ? »

Il hoche brusquement la tête. Ses sourcils sont froncés, sa bouche pincée. Comme lorsque je l'ai rencontré. Austère. Sérieux. Taciturne.

Je me demande s'il pense qu'il existe un lien entre les femmes disparues et la mort de son épouse. Certainement pas.

« Je n'aime pas te savoir seule ici. » Étrangement, ce sentiment ne me fait pas le même effet venant de lui que du vendeur de la supérette. C'est bien plus personnel. Qu'il s'inquiète pour moi emplit ma poitrine d'une chaleur liquide.

« Merci, mais on ne risque rien, dis-je en regardant Ours.

— Je suppose qu'il n'y a pas de ligne fixe dans cette baraque.

— Non. » J'ai remarqué qu'il n'a pas de téléphone fixe non plus. Je suppose qu'il aime être constamment déconnecté du monde.

« Si quelqu'un vient ici, pour quelque raison que ce soit, je veux que tu montes dans ta voiture et que tu viennes chez moi. Compris ? »

Je suis sur le point de protester, mais Caleb semble si mal luné que je me contente d'acquiescer. « D'accord, merci. »

Il serre de nouveau les lèvres et son froncement de sourcils s'accentue.

Je ne sais pas comment j'imaginais nos adieux… une étreinte, une poignée de main. Une discussion justifiant pourquoi nous n'échangerions pas nos numéros de téléphone. Mais pas ça.

Caleb repart vers son pickup. L'homme des bois bougon est totalement de retour. Il monte à bord et démarre le moteur sans cesser de balayer des yeux les abords du chalet, l'air contrarié.

Et c'est tout.

Il s'éloigne au volant de son véhicule.

Pas d'étreinte, de bisou ou de poignée de main. Pas de *merci pour les souvenirs*. Même pas un *c'était un plaisir de te rencontrer*.

Alors qu'il s'éloigne, je prends conscience que j'aurais dû le retenir. Pour le remercier de m'avoir sauvé la vie. Et de m'avoir fait changer d'avis sur le sexe. J'envisage même de pourchasser le pickup en secouant les mains pour qu'il s'arrête.

Mais non.

Je ne bouge pas.

Mes bottes restent clouées dans la neige et je regarde le véhicule s'éloigner. Bizarrement, il me paraît aussi irritable que son propriétaire.

Ben, merde.

Je ne m'attendais pas à ressentir son absence si intensément.

Quand le véhicule disparaît au loin sur la route, j'ai l'impression qu'il emporte l'un de mes organes avec lui. Un morceau vital du centre de ma poitrine. Le vide y paraît presque fatal.

Ne sois pas si dramatique… il ne s'agissait que de sexe.

Du sexe, c'est tout.

Des larmes brûlent mes yeux. Je n'en voulais pas plus. Je ne voulais même pas coucher avec lui. Mais maintenant que j'ai connu le sexe avec Caleb, maintenant que je l'ai connu, *lui*, mon existence solitaire avec Ours me semble si superficielle.

Qu'est-ce que je fiche ? Je me crève le cul pour faire mes preuves face à un tas de mecs qui ne me considéreront jamais comme leur égale parce que je suis dotée d'une paire de seins ? Et mes efforts seront-ils jamais suffisants ? Recevrai-je un jour la reconnaissance à laquelle j'aspire ? Ou la vraie vie est-elle autre chose ?

Je regarde la neige qui étincelle sur les sapins autour de moi, à mes pieds. L'air est vif et frais. L'odeur de la forêt provoque un changement biologique en moi. Ma respiration ralentit. Mes muscles se détendent. Ma conscience se déploie au-delà de la minuscule sphère de mon corps. Cette forêt, cette montagne, cette nature sublime est le sens de tout mon travail.

Il m'arrive de l'oublier. Les recherches sur les changements climatiques ont pour but de fournir des analyses scientifiques aux sceptiques. Travailler sur le terrain pour rendre les gens plus conscients de la situation. Mon intérêt n'est pas d'être titularisée à l'université. Ça n'a rien à voir avec quel nom est cité en premier sur une publication de recherche. En revanche, le but est que ces recherches soient publiées.

Mais ça a également à voir avec l'équilibre des choses. Prendre le temps de respirer et d'apprécier l'incroyable nature qui reste sur cette belle planète.

Et pourquoi est-ce que ça me donne envie d'avoir quelqu'un pour l'apprécier avec moi ? Quelqu'un d'humain. De masculin. Et de séduisant en diable, avec un jean et des tatouages.

Caleb.

Je soupire.

En un sens, je déteste la façon dont les choses se sont terminées.

Je conduirai peut-être jusqu'à son chalet pour le remercier correctement avant de quitter la montagne.

Oui. Cette pensée me remonte le moral. Je lui confectionnerai peut-être des biscuits en gage de remerciement. Ou des muffins aux myrtilles.

Ours me dépasse en galopant, la queue battante.

Je forme une boule de neige et la lui lance. Il fonce pour l'attraper, mais, bien sûr, elle se désintègre dans sa gueule. Je m'esclaffe, tentant d'ignorer mon envie flottante que Caleb soit là pour faire une bataille de boules de neige.

J'ai la forêt. J'ai Ours.

Je vais préparer des muffins aux myrtilles à Caleb. Et ensuite, je devrai trouver comment remplir le nouveau vide qu'il a laissé dans ma vie.

Mais je peux y arriver. Je suis douée pour donner de

nouveaux sujets de préoccupation à mon cerveau. Un problème à résoudre pendant que je prélève le reste de mes échantillons.

J'entre me changer, puis je n'ai rien d'autre à faire que ressortir et finir de réunir mes échantillons de cernes d'arbre.

~

SUJET D'EXPÉRIENCE 849

L'HUMAINE.

Elle est de retour. Je l'ai vue passer dans le pickup qui appartient à l'ours. Je l'ai vu repartir sans elle.

Ça signifie qu'elle est seule. Seule avec le chien. J'aurais dû le tuer quand il a senti mon odeur dans les bois. Je ne reproduirai pas cette erreur.

Aujourd'hui, je vais l'enlever. Elle est peut-être enceinte de l'ours.

Ce qui me fournirait d'immenses opportunités pour mes recherches.

Un mélange génétique entre un métamorphe et une humaine. Je devrais effectuer des études sur l'accouplement avec l'ours, comme ils l'ont fait avec le lion.

Non, trop dangereux.

L'ours pourrait mettre un terme à mes recherches.

Comme le lion l'a fait quand il a libéré tout le monde.

Quand il m'a libéré.

M'a mis dehors.

Dehors, pour souffrir.

Ce lion devrait être arrêté. Comment s'appelait-il ?

Nash. Nash le lion.

Il est un lion, comme j'étais censé être un ours.

Mais quelque chose a mal tourné.

Terriblement mal.

Et maintenant, je ne suis rien. Ni humain. Ni ours.

Les recherches doivent se poursuivre. Je dois trouver le remède.

~

Caleb

S'IL EXISTAIT une pilule pour rentrer de nouveau en hibernation, la véritable hibernation d'un ours, pas simplement une baisse de tonus, je l'avalerais sur-le-champ.

J'oublierais tout ce qui s'est passé au cours des cinquante-six dernières heures et piquerais un somme.

Non, ce n'est pas vrai.

Mon corps se sent incroyablement bien. L'ours se sent bien. Alerte. Vivant. Prêt à batifoler. C'est ma facette humaine qui veut se recroqueviller et se cacher la tête dans un trou.

Et c'est à cause du poids dans mon ventre après avoir laissé Miranda dans ce chalet. La culpabilité de ne pas vouloir l'abandonner et l'instinct de protection me donnent à penser qu'elle n'est pas en sécurité là-bas.

Si je pouvais trier ce sac de nœuds d'émotions, je dirais qu'il est composé d'une partie qui culpabilise d'avoir trahi le souvenir de Jen et d'une autre, regrettant l'excentrique scientifique qui m'a laissé profiter de son corps sans la moindre peur avant de s'en aller. Et de deux parties qui s'inquiètent pour sa sécurité.

Je suis revenu au point de départ, quand je l'ai vue arriver au volant de sa voiture. J'ai besoin de m'assurer qu'aucune autre femelle ne disparaîtra dans mes bois. Surtout pas celle-ci.

Putain, je réduirai cette forêt en cendres s'il lui arrive quoi que ce soit.

Je ne m'en remettrais jamais.

Le goût métallique de la peur emplit ma bouche.

Ce n'est pas réel. La menace n'est pas réelle. Tu paniques à cause de ce qui est arrivé à Jen et Gretchen.

Mais la menace est bien réelle.

Trois humaines ont disparu. Leurs corps n'ont toujours pas été retrouvés.

Un grondement emplit mon pickup et ma vue s'affûte comme si j'étais sur le point de muter.

Eh bien, peut-être qu'une course sous ma forme d'ours me détendrait.

Je pourrais renifler les environs et vérifier que rien de malfaisant ne rôde par ici. Patrouiller la zone où Miranda va travailler. Je pourrais facilement monter la garde sous ma forme d'ours. Ma peau picote, ma chair s'échauffe en anticipant la mutation. Mon ours meurt d'envie de sortir.

Alors, vas-y. Vas-y.

Moi non plus, je ne peux pas attendre.

J'ai besoin de retourner auprès de Miranda. De m'approcher suffisamment pour la sentir. De savoir qu'elle ne risque rien. Je sors pieds nus sur ma terrasse et referme la porte. En un éclair, je tombe à quatre pattes et commence à trotter à travers les arbres. J'atteins la crête de la montagne, puis contourne le fleuve.

J'ai besoin de rejoindre Miranda.

Je trouve la zone où elle m'a dit qu'elle récoltait des échantillons. Je reconnais ses traces de pas et son parfum, ainsi que celui de son chien.

Puis je remarque une odeur qui déclenche une décharge électrique à travers mon corps.

Le mal.

L'odeur du mal. Un musc animal qui n'a rien de naturel. Étrange, et en quelque sorte anormal.

Exactement la même odeur que j'ai sentie autour des dépouilles de Jen et Gretchen.

Merde, merde, merde !

Je suis à la recherche de cette odeur depuis trois ans, mais maintenant que je l'ai trouvée, la peur me paralyse. Parce qu'elle est proche de Miranda. Je fonce à toute vitesse à travers les arbres. Les ours peuvent aller plus vite qu'un cheval de course sur de courtes distances, et je me déplace probablement à plus de soixante kilomètres-heure.

Je m'arrête brusquement en décelant l'odeur de Miranda, mais pas celle de l'être malveillant.

Laquelle devrais-je suivre ? Si je me précipite vers Miranda sous ma forme d'ours de presque trois mètres, elle aura la trouille de sa vie. Mais au moins, je saurai qu'elle est en sécurité. D'un autre côté, si je trouve la source du mal, je peux l'arrêter définitivement. Je n'aurai pas à jouer les gardes du corps de toutes les femelles qui entrent dans ces bois.

Je décris un cercle et reviens sur mes pas, à la recherche de l'odeur.

Là.

La voilà.

Près du fleuve.

Merde. Le parfum est masqué par l'eau. C'est peut-être comme ça qu'il m'a échappé tout ce temps.

En amont du courant, j'entends le chien aboyer. Mes oreilles se tournent dans cette direction, à l'écoute du timbre de l'aboiement.

Merde… il a peur. Je me précipite vers le son, zigzagant entre les arbres sans m'éloigner de la berge.

Miranda crie quelque chose.

Son chien glapit… un cri de douleur.

« Ours ! Ours, non ! Oh, mon Dieu ! »

Je vois deux choses en même temps : le corps sombre d'un animal battant des pattes alors qu'il descend le fleuve à toute allure, et Miranda qui arrive vers moi en courant sur la berge.

« Ours ! » La peur dans sa voix me met sur les nerfs.

Le courant est fort sous la surface gelée. Le pauvre animal passe à côté de moi avant que je puisse décider qui a le plus besoin d'aide.

Je rugis et cours vers la berge en pente raide.

Miranda pousse un autre hurlement.

Je m'arrête pour regarder par-dessus mon épaule et m'aperçois qu'elle crie à cause de moi. Elle croit que je pourchasse son chien.

Putain. Encore quelques secondes de perdues. Je fonce sur la berge jusqu'à ce que j'aie rattrapé le chien, puis plonge dans l'eau pour l'empêcher d'aller plus loin.

Ce n'est pas facile, mais je trouve un appui sur les cailloux glissants et me redresse. Je soulève le chien paniqué et le jette sur la berge.

Cependant, les secours arrivent trop tard : Miranda a également atteint la berge et perd l'équilibre. Elle plonge dans l'eau, tête la première, en hurlant.

Merde, merde, merde.

Non.

Cette femme est déterminée à mourir sous mes yeux.

Mon rugissement résonne contre les berges du fleuve et fait trembler toute la foutue forêt.

La tête de Miranda émerge et elle reprend son souffle, battant des bras pour s'accrocher à un tronc dans l'eau avant d'être emportée plus loin.

Je lutte contre le courant et le remonte pour lui venir

en aide. J'ai de l'eau jusqu'à la taille, mes membres inférieurs sont gelés.

« Miranda ! » Du moins, j'essaie de crier *Miranda*. Bien sûr, au lieu de mots, j'émets un autre terrible rugissement d'ours.

Son hurlement résonne une seconde fois alors qu'elle s'agrippe au tronc. Ses lèvres sont bleues et ses yeux s'écarquillent à mon approche.

Miranda

UNE ATTAQUE D'OURS. *Une attaque d'ours !* Cet ours est complètement taré et il vient vers moi.

Je pense à toutes les choses que l'on est censé faire si l'on croise un ours. Aucune n'est applicable à cette situation. Personne ne m'a dit comment réagir si je me trouve dans un fleuve glacé en plein hiver et qu'un ours cinglé qui n'hiberne pas me prend pour un saumon géant.

Je suis en hyperventilation lorsqu'il me rejoint. J'essaie de me recroqueviller et faire la morte, mais le froid fait trembler tout mon corps. De plus, je ne peux protéger ni ma tête ni mon cou ; je dois me tenir au tronc, sinon le courant m'emportera. J'arrive à peine à m'accrocher. Je lâche prise au moment où il arrive.

C'est peut-être une bonne chose. Je passerai peut-être à côté de l'ours. Bien sûr, ça signifie probablement que le fleuve glacé me tuera.

L'ours se penche et m'attrape en un arc de cercle fluide, comme s'il pêchait son dîner dans le courant. Pourtant, ses griffes ne me blessent pas. Il ne montre pas non plus les dents et ne rugit pas. Je le jure devant Dieu, il me soulève et me serre dans ses bras alors qu'il sort de l'eau. Cette position est si humaine qu'elle me déstabilise complètement.

Mon cœur battant à tout rompre, je suis tout d'abord trop stupéfaite pour faire quoi que ce soit. Je ne sais pas si je dois être effrayée ou me réjouir. J'ai été sauvée par un ours.

Mais sauvée de quoi ?

Était-ce vraiment un sauvetage, ou suis-je sa proie ? Je recouvre mes esprits et entreprends de remuer pour me libérer, mais l'ours me serre plus fort entre ses bras, renifle et darde ses yeux ambrés sur moi.

Je me pétrifie. Sa truffe noire est à quelques centimètres de mon nez. Son souffle est chaud contre ma joue.

Je ne suis pas sûre de respirer. Je tente de devenir invisible.

Mais j'oublie alors mes craintes concernant ma sécurité. « Ours ! » J'aperçois mon chien qui arrive vers nous en courant, sa queue entre les jambes, frissonnant à cause de l'humidité et du froid. « Oh, mon bébé chien. Est-ce que ça va ? Dieu merci, tu n'as rien. »

Et je réalise alors tout à coup quelque chose qui me choque. L'ours — le véritable ours, pas mon chien — a sauvé Ours. Il a sauvé Ours, puis moi.

Cet animal n'est pas fou. Il est extrêmement intelligent. Et il se déplace rapidement sur deux pattes.

Je m'immobilise, émerveillée par la situation. Cet incroyable ours noir a choisi de venir en aide à une humaine et un chien, a choisi de leur sauver la vie. J'ai l'impression d'assister à une rare scène naturelle, comme quand des éléphants sont filmés en train de ramasser des ordures avec leurs trompes.

L'ours continue d'avancer maladroitement sans me lâcher. Mon chien suit en restant à distance, sans le défier.

Une excitation fourmillante m'emplit. Ainsi que de la peur, mais je suis trop fascinée par cet animal. Par ce miracle, que je prends réellement comme un signe concernant ma vie, mon avenir. Je suis une scientifique, mais j'ai l'impression que mère Nature me bénit. Mon engagement à sauver la Terre s'en trouve renouvelé.

Puis la situation devient encore plus bizarre.

Parce que je prends conscience que l'ours se dirige droit vers le labo.

Mince, qu'est-ce qu'il fout ?

Il me pose devant la porte et me pousse contre le bois, son haleine chaude dans ma nuque. Des frissons parcourent mon dos.

« Ne flippe pas. »

Je hurle. Manque de me pisser dessus.

Je fais volte-face et trouve Caleb derrière moi, sa main sur la poignée de la porte. *Et il est… à poil.*

Il pousse la porte et me fait entrer. Ours se précipite derrière moi. « Ne flippe pas, Miranda.

— Je flippe, dis-je d'une voix qui se brise. Totalement. »

Où est parti l'ours ? Ai-je des hallucinations ? L'hypothermie provoque-t-elle des visions ?

« Il faut que tu arrêtes d'essayer de mourir, maugrée-t-il.

— O-o-où est l'ours ? Tu as vu un ours ?

— Ouais. Je suis l'ours. Je suis un métamorphe, d'accord ? Allez, on va te mettre sous la douche. Dis-moi que cet endroit a de l'eau chaude. » Il me pousse en direction de la salle de bains. Ai-je précisé qu'il est complètement nu ? Et sa bite est raide comme un piquet.

« Hum, oui. C-c'est quoi, un métamorphe ? »

Avec une expression sévère, il tire le rideau de douche et ouvre l'eau chaude au maximum. Je commence à enlever mes bottes et chaussettes trempées.

« Comme un loup-garou. Mais un ours. Chien, viens ici.

— Il s'appelle Ours… » Je me tais quand je réalise que ça doit lui sembler ridicule. *Puisqu'apparemment, il est un ours.* Je me mets à glousser.

Les saumons et les truites. Les myrtilles. Le miel. Il passe la saison froide à hiberner.

Caleb est un ours !

Non, c'est impossible. J'hallucine forcément.

Je comprends désormais pourquoi mon chien lui obéit. Ouais, j'imagine qu'un ours se situe plus haut qu'un chien dans l'ordre naturel des espèces. Je glousse de plus belle. Je ris si fort que je ne parviens pas à enlever mon pantalon. Oh, peut-être aussi parce que mes mains tremblent et mes doigts sont toujours engourdis. Et que je délire.

Je dois vraiment souffrir d'hypothermie, parce que j'ai cru que Caleb était un *ours*. Un ours noir géant qui m'a sortie du Pecos glacé.

Caleb place Ours sous le jet d'eau, puis se tourne pour m'aider à retirer mes habits mouillés.

« J'ai cru que tu étais un ours, dis-je en m'esclaffant. Quand tu m'as secourue. »

Caleb fronce les sourcils. « Tu perds les pédales, docteur. Je t'ai dit de ne pas flipper. »

Je retrouve mon sérieux et le fixe en clignant des yeux. « C'est vraiment ce qui se passe ? Tu es un ours ? »

Il fait la moue, mais acquiesce.

« Alors, à la pleine lune… » Je hausse les sourcils.

« Non, cette histoire de pleine lune, c'est de la connerie. On mute à volonté. Et on ne chasse pas les humains sous notre forme animale. Jamais. »

Je reste sans voix, mais mes mains viennent se poser sur son torse musclé, comme pour vérifier qu'il est toujours un homme. J'effleure les muscles durs, les tatouages du bout des doigts. Il prend ma nuque dans son énorme paume.

« Un ours ? » J'ai posé la question en un murmure, toujours incrédule bien que je l'aie vu de mes propres yeux.

Son visage reste crispé et son regard brille plus fort. « Tu as peur ? »

Je secoue la tête, mes cheveux mouillés projetant des gouttelettes glacées. « Je suis fascinée », dis-je en un souffle. Lorsqu'un frisson plus violent me traverse, il me lâche et me pousse sous la douche. La brûlure de l'eau chaude sur ma peau glacée me tire un cri.

« Dehors, chien. » Il claque des doigts et Ours s'exécute, la tête basse en signe de soumission. Caleb le sèche avec une serviette.

« Tu ne devrais pas venir sous l'eau, toi aussi ? »

Il ne répond pas tout de suite et continue de frictionner Ours. Je l'observe à travers la fente du rideau de douche. Le voyant prodiguer des soins attentifs à mon chien, frottant son museau et ses oreilles, je me sens fondre.

« Si j'entre, tu vas te faire baiser, et fort, grommelle-t-il au bout d'un moment.

— Hum, ouais, j'ai remarqué ta, euh… »

Il tire brusquement le rideau de douche et me rejoint. Ouaip, sa bite se dresse toujours vers le ciel. Épaisse, striée de veines, magnifique.

Je ne réfléchis pas : je tombe à genoux et la prends entre mes mains.

Caleb inspire profondément et s'appuie contre le carrelage. « Tu aimes faire des pipes ? » Sa voix est si rauque que je dois faire un effort pour comprendre ses mots.

Mes lèvres se referment autour de son gland et je passe ma langue sous son sexe. « D'habitude, non, dis-je quand je recule la tête. Mais ce n'est pas tous les jours qu'un homme-ours sauve mon chien et me tire d'un fleuve glacé avant que je connaisse une fin atroce. » Je repose mes lèvres autour de son membre et, cette fois, le prends plus profondément dans ma bouche.

C'est vrai, je n'ai jamais aimé faire des fellations. J'ai toujours trouvé ça plutôt dégueu. Mais tout de suite, ça m'excite terriblement et je suis prête à le faire à cet homme. Il a tant fait pour moi. Je le prends de plus en plus loin, m'amusant à découvrir jusqu'où je pourrai aller avant qu'il touche le fond de ma gorge.

Bon Dieu, je suppose qu'avec mes partenaires précédents, j'étais si occupée à ériger des défenses pour ne pas souffrir que je n'ai jamais réellement été capable de donner. Il n'y a aucune attente avec Caleb. Ni d'un côté ni de l'autre. C'est comme si nous pouvions simplement *être* l'un avec l'autre. Nous dévoiler, recevoir et donner sans nous inquiéter de ce qui arrivera ensuite.

Et, *bonté divine, c'est un ours !* Je n'arrive pas encore à m'y faire. Un million de questions se bousculent à la lisière de mon esprit, mais à cet instant, il m'importe seulement de lui donner du plaisir. Savoir que je lui fais prendre son pied me rend folle.

Je procède aussi lentement que possible, essayant de me détendre pour ne pas avoir de haut-le-cœur et réussir à l'accueillir au-delà du fond de ma gorge. Il pousse un long, long grognement qui résonne contre les murs de la douche.

Je prends ses testicules dans ma paume et les masse d'une main, serrant la base de son sexe de l'autre. J'ai déjà mal à la mâchoire à force de l'ouvrir si grand, mais je n'arrêterai pas avant que Caleb jouisse. J'ai besoin de lui témoigner ma gratitude, et je sais que c'est une façon de le faire.

Je n'ai plus froid. De la chaleur imprègne ma peau, à la fois grâce à l'eau chaude et à mon bas-ventre brûlant.

« Que tu es belle, marmonne Caleb. Tellement belle,

putain. » Il serre ma nuque et m'encourage à aller plus vite.

Ma réticence face à l'autorité pointe un instant son nez, comme si j'avais besoin de lutter pour ma souveraineté. Puis je lève les yeux et vois le besoin animal sur ses traits. Comme s'il était si excité que c'en est douloureux. Comme s'il allait mourir si je ne le suce pas plus fort. Plus vite.

C'est donc ce que je fais. Mes hanches s'avancent, ma chatte se contracte autour du vide. Je donne tout ce que j'ai, et même plus. Je le suce, remue la tête, ferme les yeux et m'abandonne au moment présent. C'est l'extase. L'extase de donner. Sans même recevoir.

J'adore ça. Chaque seconde. Et lorsque Caleb pousse un rugissement de maître de la forêt qui secoue tout le chalet, le plaisir de lui donner un orgasme est si intense qu'il me fait trembler.

Il jouit dans ma bouche, des jets brûlants d'essence salée. J'aimerais dire que je suis assez cool pour avaler, mais la sensation me surprend et je recule en m'étouffant.

Caleb rit doucement. « Crache, chérie. »

Je crache le sperme sur le sol de la douche et l'eau l'emporte. J'éclate de rire en m'essuyant la bouche du revers de la main. « Pardon. C'était tout sauf cool. »

Il me tire pour me faire lever et plaque sa bouche sur la mienne. « Tu plaisantes ? souffle-t-il quand il met fin au baiser. C'était la définition du cool. » Il m'embrasse à nouveau.

Je fonds.

Oh, bon Dieu. Ça ne va pas. Je tombais déjà complètement sous le charme de cet homme avant de découvrir qu'il est un ours.

Et maintenant, la fascination que je ressens pour lui vient de crever le plafond.

~

Caleb

ELLE SAIT.

Il était impossible de faire autrement. Je devais la faire entrer dans le labo et la réchauffer avant qu'elle n'entre en hypothermie. Une fois de plus.

On sort de la douche et je lui tends une serviette. « Écoute, les humains ne sont pas censés être au courant de l'existence des métamorphes. »

Elle me regarde avec de grands yeux. Je devine que cette notion l'excite, ce que je comprends. C'est une scientifique. Une naturaliste. Bon sang, elle était ravie de me voir quand elle pensait que j'étais un véritable ours. Je parie que son cerveau de génie et d'amoureuse de la nature est aux anges.

« J'emporterai ton secret dans la tombe », chuchote-t-elle avec une telle révérence que je dois me retenir de sourire.

« Il le faut. Je ne me serais jamais montré si ta vie n'en avait pas dépendu. »

Sa façon de me regarder me déstabilise. Tant de gratitude et de tendresse dans ces yeux.

Et jouir dans sa bouche m'a à peine détendu. Après avoir failli la perdre, mon ours est à cran. Je suis toujours empli d'agressivité. Je dois m'en aller avant de la plaquer contre le mur de la salle de bains pour la baiser, brutalement cette fois. J'enroule une serviette autour de ma taille, sors de la pièce et ajoute des buches dans le poêle à bois. Son chien s'est déjà pelotonné devant, en un tas de fourrure humide, pour se réchauffer.

J'ordonne à Miranda : « Va dans la chambre. » Je lui

jette un coup d'œil, m'attendant à ce qu'elle proteste comme elle a coutume de le faire. Mais elle se contente de sourire en rougissant. Comme si je venais de me trahir.

Ce qui est le cas, j'imagine.

Je ne peux pas prétendre que je n'ai pas failli péter un câble quand je l'ai vue entrer dans ce fleuve.

Par le ciel, j'ai bien cru qu'elle allait mourir.

Je lui emboîte le pas. Moi qui voulais garder mes distances, c'est râpé. Elle est sur le point de connaître la partie de jambes en l'air de sa vie.

Elle se retourne brusquement et laisse tomber sa serviette, comme si elle m'attendait. Ses yeux sont brillants, ses joues roses.

J'avance vers elle, toute la fureur d'avoir failli la perdre m'emplissant soudain. Elle doit le voir sur mon visage, parce qu'elle fait un pas en arrière. Pourtant, elle a toujours envie de moi. Ses tétons sont assez durs pour couper du verre et son désir est palpable depuis que nous sommes entrés dans le chalet et qu'elle a remarqué mon intérêt, terriblement douloureux.

« Arrête. De. Risquer. Ta. Vie. » Je gronde, la faisant reculer jusqu'à ce que l'arrière de ses genoux rencontre le lit et qu'elle tombe sur le matelas. « Je ne veux plus te secourir d'une tempête, d'une rivière, d'un incendie, d'un accident de voiture ou de toute autre situation qui met ta vie en danger. Compris ? »

Ses mains s'aplatissent sur mon torse, ses lèvres s'étirent en un sourire.

« Tu ne devrais pas sourire. » Je foudroie son adorable visage des yeux, puis couvre son corps du mien. Ma serviette se desserre autour de ma taille et commence à glisser. Je repousse le tissu entre nous et place ma virilité entre ses jambes.

« Qu'est-ce qui va se passer ? » Elle semble essoufflée. Ses pupilles sont dilatées, immenses.

« Je vais te baiser jusqu'à ce que tu ne puisses plus marcher. » Je pose ma main sur sa gorge. Il s'agit d'un geste menaçant, mais je ne serre pas les doigts. Elle avance les hanches, frottant sa chatte trempée contre ma bite.

Je lâche sa gorge et donne une tape sur l'un de ses gros seins, le faisant rebondir vers le milieu de sa poitrine.

Ses yeux s'écarquillent de surprise, ses lèvres s'entrouvrent.

« Tu vas être punie. »

Elle laisse échapper un gémissement bas et recommence à se balancer. Je frappe le même sein.

« D'abord, je vais frapper tes seins. Puis te donner la fessée. Et ensuite, je te baiserai jusqu'à demain. Tu captes ?

— D'accord, répond-elle d'une voix douce.

— Oui ? » Mon expression reste sévère, mais je lutte pour ne pas sourire en constatant sa soumission totale. Je sais qu'elle n'est pas due à la peur. Le parfum de son désir imprègne la pièce.

Je frappe son autre sein. « Ouais. Tourne-toi. » Je me décale sur la droite pour qu'elle puisse s'exécuter sans que ses jambes soient bloquées par les miennes. Une fois qu'elle est sur le ventre, je soulève ses hanches jusqu'à ce qu'elle soit à quatre pattes, puis je repousse son buste vers le matelas en plaquant une main sur sa nuque.

La première tape et son cri strident résonnent dans la chambre. Je la frappe de nouveau au même endroit, puis distribue deux autres tapes sur l'autre fesse. L'empreinte rose de ma main apparaît sur sa peau pâle.

Le désir me submerge, allongeant presque mes crocs pour une morsure de revendication, mais je saisis plutôt ses hanches et, sans préambule, m'enfonce profondément en elle.

Miranda glapit. Gémit. Ronronne. J'effectue quelques lents va-et-vient en elle pour m'assurer qu'elle est bien lubrifiée, puis donne tout ce que j'ai. J'ai besoin de la baiser vite et fort. J'ai besoin de libérer cette agressivité en moi, d'oublier ma crainte pour elle. Mes doigts s'enfoncent dans ses hanches et j'oublie complètement comment être un bon amant. Cet instant n'a rien de généreux ou de doux. Il s'agit d'une pure baise animale. Je la lime, mon bas-ventre frappe contre ses fesses et frotte son clito à chaque coup de reins.

Ses petits grognements et gémissements ne me rendent que plus brutal, plus sauvage. Je continue de la baiser jusqu'à ce qu'elle soit trempée et dans tous ses états, jusqu'à ce qu'elle crie mon prénom d'une voix empreinte d'un besoin lancinant.

« Ne. Frôle. Plus. La. Mort », dis-je en grondant. Puis je m'enfonce si violemment en elle que ses genoux cèdent et nous basculons vers l'avant. Sa chatte se contracte autour de mon sexe, enfoui profondément en elle, et je jouis. Mes yeux se révulsent, mes dents s'aiguisent.

Je recule prestement, me retenant de plonger mes crocs dans sa nuque pour la revendiquer. À la place, je l'empale d'un autre violent coup de reins.

Elle atteint l'orgasme, serrant puis libérant mon membre en de rapides et irrésistibles petites contractions, qui se prolongent encore et encore.

Ma vue finit enfin par redevenir nette et mes dents se rétractent. Je m'écroule sur Miranda, ma bite toujours profondément en elle, et frotte mon nez dans son cou.

« Oh, mon Dieu, Caleb. »

Je passe ma main sous ses hanches et caresse son clito. Elle jouit de nouveau en un sanglot étranglé.

~

Miranda

CALEB A JOUI deux fois et il bande toujours. Son érection en moi, il me fait rouler sur le flanc et pose sa paume sur mon sein. Nos respirations haletantes se synchronisent pendant qu'il joue avec mon mamelon, le serre et le tire tout en faisant de lents allers-retours en moi.

Je pousse un soupir de contentement.

Ouah.

Ça, c'était du sexe incroyable.

Savoir que Caleb s'inquiétait pour moi a décuplé l'intensité du moment, je ne peux le nier. Son inquiétude a fait de sa brutalité une forme de purification. De son agressivité un avantage.

Nous restons longtemps allongés, silencieux. Après un certain temps, mon cerveau se rebranche et un millier de questions l'assaillent.

« Ta femme et ta fille ? Elles étaient…

— Des métamorphes, oui.

— Alors, l'ours qui les a tuées ?

— Je ne sais pas. Son odeur ne correspondait pas à celle d'un métamorphe, mais les griffures ressemblaient à celles d'un ours. Mais aucun ours normal n'aurait pu avoir le dessus sur ma compagne. Les métamorphes sont plus gros et forts que nos homologues du règne animal. Nous sommes comme de super-animaux. »

Je prends le temps d'assimiler cette notion, vivement consciente du chagrin que ce crime non résolu a causé, et cause encore, à Caleb. Il lui a coûté sa santé mentale.

« Le mois dernier, j'étais à Tucson pour un combat. » Il continue à pincer mon téton. Ses gestes sont durs, presque cruels. Je n'aurais jamais pensé apprécier un tel traitement, et pourtant… J'adore, même. « J'ai senti une odeur qui m'a rappelé celle du tueur. Ce n'était pas la même… il lui manquait la connotation de l'ours. Mais le parfum de base était similaire. Comme s'il s'agissait d'une espèce de métamorphe qui a subi une mutation. Je ne sais pas.

— Mais c'était un humain ? Je veux dire, quelqu'un sous forme humaine ?

— Ouais. Trois types. Mais je ne me suis pas attardé pour en apprendre plus. Et mon téléphone ne fonctionne pas, ici. Ça fait un mois que je me reproche de ne pas avoir cherché à en savoir davantage.

— Tu pourrais aller à Pecos pour téléphoner ? »

Caleb s'écarte de moi et roule sur le dos, fixant le plafond.

« Putain, grommelle-t-il.

— Quoi ? »

Il tire sur sa barbe. « Bordel, je ne sais pas ce qui ne tourne pas rond chez moi. J'aurais dû le faire il y a des semaines. »

J'ai un peu peur de le toucher, puisqu'il s'est éloigné et qu'il est contrarié à cause de sa compagne décédée, mais je pose la main sur son gros biceps. « Arrête de te faire des reproches. Tu pourras le faire demain. Ce soir, si tu veux.

— Ouais. Ouais, j'imagine. » Caleb me décoche un regard en coin. Sa voix est rauque. « Demain, dit-il en roulant sur le flanc. Miranda ? » Il touche ma hanche pour me faire pivoter face à lui. « Tu as vu quelque chose dans les bois, aujourd'hui ? » Son expression m'effraie. Je suppose que c'est parce que je lis de l'appréhension sur son visage… comme si son pire cauchemar se réalisait.

Je secoue la tête. « Non, pourquoi ?

— J'ai senti quelque chose, répond-il en frottant sa barbe. Contre quoi est-ce qu'Ours aboyait ? »

Je réfléchis, tente de me souvenir du déroulement des évènements. « Il est parti en avant, vers la berge du fleuve.

Je l'ai entendu aboyer et il n'est pas venu quand je l'ai appelé, ce qui ne lui ressemble pas. Quand je suis arrivée sur la berge, je l'ai vu tomber à l'eau.

— Tomber ? Il est tombé ? » La question de Caleb fait battre mon cœur plus fort. Pense-t-il que quelqu'un a jeté Ours à l'eau ?

Je mords ma lèvre inférieure en songeant à ce qui s'est passé. « Il est tombé. C'est ce que j'ai vu, Caleb. »

Il repose sa tête sur l'oreiller. Je n'arrive pas à décider s'il est déçu ou rassuré. Il garde le silence un long moment pendant que je me creuse les méninges pour trouver quelque chose à dire. « Parfois, je ne sais pas ce qui est réel et ce qui appartient au syndrome de stress post-traumatique, marmonne-t-il.

— Comment ? » Je me redresse sur un coude.

« J'ai perdu la boule après le meurtre de ma famille. J'ai muté en ours et je suis resté sous ma forme animale. D'habitude, quand ça arrive, il faut abattre le métamorphe. Ça embrouille l'esprit. La partie humaine est perdue et l'animal devient extrêmement dangereux. »

Des larmes de compassion emplissent mes yeux. Pour la souffrance qu'il a endurée. Horrifiée, je me couvre la bouche. « Je suis vraiment désolée, Caleb. »

Il cligne rapidement des yeux. Lorsqu'il reprend la parole, sa voix est brisée et râpeuse. « Parfois… parfois, je ne sais plus vraiment ce qui s'est passé. Je me demande si je les ai tuées. »

Ses mots me font l'effet d'un coup de Taser. Pendant un terrible instant, j'ai l'impression que je suis dans un film d'horreur et viens de comprendre que je suis au lit avec le tueur. Puis, je comprends que je sais que ce n'est pas lui, avec une certitude absolue.

Cette fois, je n'hésite pas à le toucher. J'agrippe son bras et le serre. « Tu ne l'as pas fait, dis-je d'une voix forte en articulant soigneusement. Caleb. » J'attends qu'il me regarde. « Tu ne les as pas tuées. Tu étais déboussolé, avant leur mort ?

— Non, tout était normal avant.

— D'accord. Si tu te sens perdu maintenant, c'est parce que tu as passé trop de temps sous ta forme d'ours pendant que tu pleurais ta famille. Et ensuite, tu as commencé à imaginer que ta confusion remontait à plus loin. Ce n'est pas ce qui est arrivé. »

Il braque son regard dans le mien, son expression intense, comme si les mots que je prononce contenaient son salut. « Comment est-ce que tu le sais ? » demande-t-il d'un ton rocailleux.

Je me contente de secouer la tête. « Je te connais. Tu n'es pas un tueur. Tu es attentionné, généreux et profondément humain. Peu importe ce qui s'est passé après la tragédie. Tu n'aurais jamais fait de mal à ta famille. Je ne te connais que depuis trois jours, et j'en suis sûre. »

Le regard de Caleb se voile. Il cache son visage derrière son bras.

Je serre son poignet. « C'est normal d'être triste. C'est normal d'être en colère, de vouloir des réponses et que justice soit faite. Plus tu ressens ces émotions, plus tu embrasses ton humanité. T'en prendre à toi-même, t'isoler sous ta forme animale ou hiberner tout l'hiver… ça t'en éloigne. » Je termine la phrase d'une voix douce, parce que j'ignore comment il prendra mon opinion, ce qui me rend nerveuse. « Je ne juge pas ta façon d'avoir fait ton deuil… pas du tout. Je dis simplement que… tu pourrais peut-être rendre hommage à ta famille en essayant de résoudre le mystère. En continuant à vivre. »

Caleb laisse échapper un sanglot brisé. Je suis choquée lorsqu'il se tourne vers moi. Il me laisse l'attirer contre ma poitrine tandis qu'il pleure.

Des larmes ruissellent également sur mon visage. Je ne peux être jalouse de sa peine pour sa compagne disparue, parce qu'à cet instant, nous ne faisons qu'un. Sa souffrance est mienne. Son deuil est mien.

J'enfouis mes doigts dans ses cheveux et masse son crâne jusqu'à ce qu'il s'apaise.

Je continue jusqu'à ce que sa respiration ralentisse et que son énorme corps se détende pendant qu'il sombre dans le sommeil.

CHAPITRE ONZE

Caleb

Je me réveille comme si je sortais d'hibernation. Il me faut un long moment pour me rappeler où je suis.

Le chalet de recherche.

Miranda qui a frôlé la mort.

Par le ciel, combien de temps ai-je dormi ?

Je bondis hors du lit, et me souviens tout à coup que je n'ai aucun vêtement ici. Génial. J'espère que la gaule du matin ne dérange pas Miranda.

Je trouve le chemin de la salle de bains, où j'urine et me rince la bouche. À cet instant, je réalise qu'une odeur délicieuse flotte dans le chalet. Comme une pâtisserie au four. J'enroule une serviette autour de ma taille et vais jusqu'à la cuisine. Miranda est assise devant son ordinateur. Elle me regarde avec une inquiétude très expressive. Le souvenir de ce que j'ai partagé avec elle la nuit dernière me revient en une douleur sourde.

« B'jour, dis-je en marmonnant. On est quel jour ? J'ai l'impression d'avoir dormi des mois.

— Seulement toute la nuit. Quoique, environ seize heures. Comment te sens-tu ? »

J'y réfléchis. « Mieux, dis-je en me frottant la barbe. Ça m'a fait du bien d'en parler. J'ai l'impression d'être passé dans une essoreuse, mais d'en être ressorti beaucoup plus léger, si tu vois ce que je veux dire. »

Elle plonge ses intelligents yeux verts dans les miens. « Parfaitement, dit-elle avant de se lever pour verser du café dans une tasse et me la tendre. Je n'ai pas grand-chose à manger ici, mais je te prépare des muffins à la myrtille. Tu sais, pour te remercier de m'avoir encore sauvé la vie. »

Je m'approche d'elle, prends sa douce silhouette contre moi et embrasse le sommet de son crâne. « C'est gentil de ta part. »

Au sol, son chien me regarde en remuant sa queue noire et poilue.

« Comment ça va, le chien ? »

Ours se lève d'un bond et accourt, la queue battante.

Après m'être assis sur une chaise, je prends la tête du chien entre mes mains pour frotter son museau et le flatter. « Tu es un bon garçon, hein ? On est copains ? Tu n'as pas trop peur de mon ours ? »

Il tourne la tête pour me lécher la main.

Je lève les yeux vers Miranda. « Et toi ? Tu ne flippes pas ?

— J'adore ça, répond-elle en secouant la tête. Et je promets que je n'en parlerai jamais à personne. Je ne trahis pas mes amis. » Elle bute sur le mot *amis*, et je dois repousser les exhortations silencieuses de mon ours, qui exige que je la revendique.

Elle ne peut être revendiquée.

Elle est humaine.

Je suis un métamorphe.

Elle a ses recherches. Elle vit à Albuquerque.

Je porte toujours le deuil.

Mais la lame acérée de souffrance qui s'est logée entre mes côtes depuis la mort de Jen et Gretchen n'est pas là aujourd'hui. Elle est devenue une douleur sourde.

Grâce à Miranda. Et pas seulement parce qu'elle m'a réconforté hier soir, bien que ça ait énormément contribué à soigner mon âme brisée. Non, c'est grâce au sexe et aux éclats de rire. Grâce à sa compagnie. Et, oui, à son amitié.

Et à l'amour, murmure mon ours.

L'amour.

Merde. Je ne suis pas capable d'aimer à nouveau.

Non, je ne peux pas me lancer là-dedans.

Je m'éclaircis la gorge. « Merci. C'est extrêmement important, Miranda. Je te suis reconnaissant de garder notre secret.

— Bien sûr. »

Je la crois. Elle tiendra parole, j'en suis sûr.

Quand son téléphone bipe, elle va sortir les muffins du four. Mon estomac gargouille.

Je l'avertis : « J'espère que tu en as fait plus d'une fournée, parce que je vais manger cette douzaine. »

Son rire est musical et magique. Il emplit la pièce et illumine les recoins de mon âme, qui n'avait pas entendu de rire depuis des années. « Vas-y. Ils sont tous pour toi. Je te proposerais bien de te faire un repas, mais je ne suis pas vraiment équipée pour recevoir, ici. »

Je prends un muffin chaud sur la plaque et le fais passer d'une main à l'autre pour qu'il refroidisse. « Ce sera parfait. J'adore les myrtilles. »

Elle rit de nouveau. « J'ai remarqué. Et maintenant, je sais pourquoi. »

Je fourre la moitié du muffin dans ma bouche. La bouche pleine, je demande : « Pourquoi ?

— C'est ce qu'aiment manger les ours, répond-elle en levant les yeux au ciel.

— Ah, oui. » J'esquisse un sourire penaud et dévore l'autre moitié du muffin avant d'en prendre un autre sur la plaque.

« Tu te transformes souvent en ours ? » demande-t-elle, reluquant mon torse nu comme s'il s'agissait d'un dessert. Elle ferait mieux de cesser de me regarder comme ça, sinon ça va partir en cacahuète.

Je hausse les épaules. «Je ne sais pas. Une fois par semaine ? Par mois ? Ça dépend de ce que je veux faire.

— Que faisais-tu, hier ?

— Je gardais un œil sur toi. Quand est-ce que tu termineras ces recherches, que je puisse me remettre à hiberner ? » Plaisanter ou taquiner ne me ressemble pas. Merde, même sourire ne me ressemble pas, pourtant je courbe les lèvres pour qu'elle sache que je ne suis pas un connard fini. Elle a beau avoir perturbé ma vie, elle me manquera lorsqu'elle s'en ira.

Son expression s'assombrit. « Ma tablette a pris l'eau et s'est cassée, donc j'ai perdu tout le travail que j'avais fait chez toi. Au moins, je n'ai pas perdu mon sac. En fait, j'essayais de l'enlever avant que tu viennes à mon secours. Il me reste mes échantillons. Il me faut encore un jour ou deux pour finir de les récolter, puis je pourrai repartir. » Sa voix s'étrangle sur la fin de sa phrase, comme si l'idée de s'en aller la faisait réfléchir, elle aussi. Sans le vouloir, je rencontre son regard, et nous restons ainsi, figés par ce qui reste inexprimé entre nous.

« J'dois y aller, finis-je par lâcher. Je vais me rendre en ville et passer le coup de fil dont nous avons parlé. Je reviendrai te voir ensuite pour m'assurer que tu ne risques rien. Garde Ours près de toi à tout moment. Plus près qu'hier, c'est compris ?

— Hum… mais tu es nu. » Elle baisse les yeux vers la serviette autour de ma taille.

Je fourre un autre muffin dans ma bouche. « Je vais muter. Tu veux voir ? » Je souris, parce que je sais que oui. Voilà que mon ours frime.

« Oh, mon Dieu, oui. » Elle me suit à l'extérieur. J'avale un autre muffin avant de fermer les yeux et de m'abandonner à l'animal en moi. Mes pensées s'éparpillent. Ma capacité à réfléchir et raisonner diminue. Mon instinct s'aiguise. Dans ma tête, je suis toujours moi-même, mais différentes parties de mon cerveau sont activées. C'est un peu comme disposer de superpouvoirs en étant bourré.

Je tombe à quatre pattes et m'approche lourdement du chalet. Je pose mes pattes avant sur la marche supérieure, où se tient Miranda. Elle prend une brusque inspiration. Je lève mon museau pour regarder son visage. Son expression n'est pas moins émerveillée que les deux premières fois qu'elle m'a vu. Elle tend le bras, hésitante, mais se fige à mi-chemin, comme si elle était trop effrayée pour me toucher.

Je baisse la tête et la presse délicatement contre sa taille.

Elle pouffe et pose la main sur mon crâne. Elle caresse les côtés de mon visage en murmurant : « Mon Dieu, tu es magnifique. Si beau. À couper le souffle. »

Je la laisse profiter de mon ours quelques minutes supplémentaires, puis fais volte-face et m'éloigne à pas lourds. Son petit cri en réaction résonne dans mes oreilles pendant que je cours en direction de mon chalet.

Je descends à Pecos pour avoir du réseau sur mon portable.

« Caleb. Qu'est-ce qui se passe ? » Garrett ne s'embarrasse jamais de politesses lorsqu'il répond au téléphone.

« Salut. J'ai une question à te poser, loup. » Moi non plus, je ne suis pas du genre à tourner autour du pot.

« Laquelle ?

— Quand je suis venu participer au combat, j'ai remarqué une odeur étrange. Ce n'était ni un métamorphe ni un humain. Quelque chose de différent.

— Un vampire ?

— Non. Je les ai sentis, eux aussi, mais c'est un parfum que je reconnais. Non, c'est une odeur de métamorphe, mais pas d'un animal que j'ai reconnu. Plus d'une personne. Plusieurs types.

— Ah. Les trois Stooges.

— Pardon ?

— Tu as déjà entendu parler de DataX ?

— Non. Qu'est-ce que c'est ?

— Un laboratoire financé par le gouvernement et des investisseurs privés. Ils effectuaient des expériences sur des métamorphes, et sur des humains qu'ils ont essayé de modifier génétiquement pour en faire des métamorphes. L'odeur que tu as sentie est le résultat de leurs expériences. Des hommes qui ont été transformés en métamorphes. Certains, avec plus de succès que d'autres. »

Des frissons parcourent ma peau. Un ours mutant. Un être qui n'est ni ours, ni humain. Voilà ce que je cherche.

« Où se trouve ce DataX ?

— Il existait des labos en Californie et en Utah. Ils étaient dissimulés dans des zones naturelles sauvages. Un membre de notre meute y était prisonnier pendant sa jeunesse. Nous avons détruit le dernier labo l'année dernière et nous avons libéré les prisonniers restants.

— Donc, maintenant, des mutants se promènent en liberté ?

— Tu poses cette question pour une bonne raison, j'imagine, grogne Garrett dans le combiné.

— Ouais. Cette odeur. Ce putain de parfum mutant. Je l'ai senti sur les cadavres de ma femme et ma fille. »

Garrett lâche un juron. « D'accord. Merde. J'imagine que ça explique tout. Bon, laisse-moi parler aux trois Stooges. Ce ne sont pas des tueurs, aucun d'entre eux, j'en suis sûr.

— Ouais, je sais. Leurs odeurs étaient différentes. Mais similaires.

— Je vais demander à Parker de t'appeler. C'est le moins taré des trois. Il aura peut-être entendu parler d'expériences réalisées sur des ours. Ou Sam, notre frère loup, mais il s'est enfui il y a des années. Ou Nash, un lion foutrement cinglé. Je t'enverrai leurs numéros après les avoir contactés. Ça te va ? »

Je ne peux décrire le soulagement qui m'envahit. Je sais que je dois ma vie à Garrett, mais sincèrement ? Je ne lui ai jamais été reconnaissant de m'avoir épargné. En revanche, je commence maintenant à ressentir de la gratitude. « Ouais. C'est vraiment important pour moi. Je te remercie, Garrett. »

Je pourrais peut-être bientôt obtenir des réponses. Enfin.

Et je ne peux pas prétendre que ce progrès n'a rien à voir avec Miranda. Elle m'a tiré de ma stupeur. M'a secoué. Renvoyé sur le ring avec les idées claires.

Je suis assis dans mon pickup, garé devant un bar local. J'aimerais la remercier. Elle m'a confectionné des muffins. Que puis-je faire pour elle ?

Enfin, mis à part la faire jouir une dizaine de fois d'ici le lever du soleil.

Je lève la tête et m'aperçois que la réponse se trouve sous mon nez.

Un gros panneau pendu à la fenêtre indique *Soirée quizz culture générale.*

Une soirée quizz. Miranda n'a-t-elle pas dit qu'elle adore le Trivial Pursuit ? Je crois que je dois emmener ma meuf en ville ce soir.

Oui, je sais qu'elle n'est pas ma meuf.

Mais juste pour une soirée, probablement la dernière que nous partagerons, je pourrai profiter de la présence de la séduisante scientifique.

CHAPITRE DOUZE

Miranda

Caleb arrive dans la forêt. Sous sa forme humaine, et non en ours. Je ne suis pas déçue. Je suis ravie de le voir sous n'importe quelle forme.

Je me lève lorsque je l'entends approcher. Ours court vers lui avec un aboiement joyeux en battant la queue. « Coucou. »

Il pose les yeux sur la sonde de Pressler dans ma main. « Comment est-ce que je peux t'aider ? »

Je reste prise de court.

Il veut m'aider ?

Quel homme a-t-il déjà proposé de m'aider sans attendre quelque chose en retour ?

Aucun, à part Caleb.

Et j'ai soudain l'impression qu'il s'agit de notre premier rencard. Comme si le type sur qui je craque secrètement venait d'arriver, je ne trouve plus ma langue et mes paumes sont moites. Donc, je suppose que j'ai fini par admettre que cet homme me plaît.

Plus qu'un peu.

Ce qui est un gros problème.

« Eh bien, je prélève un échantillon sur chaque arbre dans ce périmètre. » Je lui montre comment prélever les échantillons, puis comment je les emballe pour les étudier par la suite.

Il me prend la sonde de la main avec une expression concentrée. « Je vais prélever les échantillons. Tu les emballes. Montre-moi le prochain arbre. »

Je me pâme.

Cet homme n'a réellement rien à gagner en effectuant mon travail à ma place. J'ai envie de l'embrasser ou de tomber à genoux pour le sucer à nouveau, mais il prélève déjà le prochain échantillon, puis le suivant. Il est plus fort et agile que moi. Il donne l'impression que la tâche est un jeu d'enfant. Je le suis, bavant sur ses muscles gonflés pendant qu'il travaille, et tente de ne pas trop m'extasier.

Pendant qu'il travaille, il me parle de son coup de fil et de ce qu'il a appris par l'intermédiaire de son contact à Tucson. L'information colle manifestement avec les pièces de puzzle que Caleb possède déjà.

Nous avons terminé en quelques heures. Ce qui m'aurait pris une demi-journée de plus est accompli.

Je devrais être heureuse, pourtant mon ventre se noue.

Il est temps de quitter Pecos et de rentrer à Albuquerque. Plus de tempêtes de neige pour m'enfermer avec Caleb, plus de recherches pour me retenir dans la montagne.

Caleb me raccompagne jusqu'au labo de recherche. Il balaie les environs des yeux d'un air protecteur pendant que nous marchons. Une fois devant la porte, il dit : « Je te conseille de faire tes valises dès maintenant, parce que je t'emmène quelque part ce soir. »

Je le regarde fixement, bouche bée.

«Quoi, comme un rencard ? »

Caleb fait une petite grimace et mes joues s'enflamment. «D'accord, pas comme un rencard. Je ne sous-entendais pas que tu devrais le faire. C'est juste…

— Le bar organise un quizz de culture générale. Je me suis dit que je devrais emmener une experte pour leur montrer comment font les pros. »

Je ne retiens pas le sourire qui étire mes lèvres jusqu'à mes oreilles. «Un quizz ? J'adore les quizz ! »

Il se fend d'un sourire en coin. « C'est ce que tu m'as dit. Je veux te voir en action. »

Mes joues s'empourprent, mais le plaisir me transperce, réchauffant toutes les zones de plaisir que j'ai récemment découvertes.

Le bar des Joe est un vieux bâtiment en brique avec une enseigne vintage de *Coors Beer* au-dessus de la porte. L'enseigne n'était probablement pas vintage quand elle a été installée. À mon avis, elle est plutôt là depuis si longtemps qu'elle est aujourd'hui considérée comme une antiquité, et donc, comme un objet cool. Je doute que Joe, ou, si j'en crois le nom du bar, les Joe se soucient d'avoir une décoration à la mode. Cet établissement est un troquet sans prétention, où les gens du coin viennent se plaindre des touristes, espérant que la couche de crasse vieille de plusieurs siècles qui recouvre le bâtiment et l'enseigne suffise à tenir les vacanciers sudistes à distance.

Ma théorie se confirme lorsque j'entre. Tout le bar, composé à quatre-vingt-dix pour cent d'hommes, pivote pour me dévisager. Je me recroqueville dans mon épais manteau de ski en espérant ne pas trop avoir l'air d'une étrangère envahissant leur sanctuaire local. J'envisage un instant de les saluer de la main, mais ça leur prouverait que je ne suis pas de la ville, en plus d'être ringarde. Je me décale plutôt sur le côté et les laisse voir Caleb.

À l'instant où il entre, la tension se dissipe comme si elle n'avait jamais existé. Le barman semble le reconnaître et lui adresse un signe de tête. Caleb lève le menton, en un salut macho d'homme des bois. Ce qui exprime : *je suis un solitaire, mais c'est une petite ville, donc on se dit bonjour. Poliment, mais avec aussi peu d'efforts que possible.* Tant de communication en un simple geste. Ce serait intéressant si nous nous saluions comme les chiens, en reniflant nos truffes, nos bouches et… d'autres endroits. D'accord, pas intéressant. Plutôt gênant.

Caleb me touche, me faisant sursauter.

« Ça va ? demande-t-il.

— Ouais, dis-je à voix basse. Tout va bien. »

Il me prend par le coude et me guide, dépassant des tables occupées. La soirée quizz doit connaître un franc succès. Alors que nous nous dirigeons vers le bar, Caleb reçoit des saluts d'autres montagnards. Quelques-uns coulent un regard vers moi, et la main de Caleb vient se poser dans le creux de mon dos en un autre geste très révélateur. Il marque son territoire, décourageant les hommes potentiellement intéressés. *Vous pouvez regarder, mais pas approcher. Celle-ci est revendiquée.*

Je pourrais lui dire que ce n'est pas nécessaire, que personne ne risque de me draguer, mais je ne sais pas. Si quelque chose attire les hommes, c'est bien une femme revendiquée par un autre mâle, de préférence un alpha. C'est en rapport avec le fait d'obtenir ce qu'ils ne peuvent avoir. Ça en dit davantage sur l'estime qu'ils portent à Caleb que sur ce qu'ils pensent de moi. En me voyant avec lui, ils se demandent quelles qualités cachées je possède pour attirer un macho comme lui. Ils ignorent que nous avons été bloqués ensemble par la neige, sans rien d'autre à faire.

Caleb nous mène jusqu'au bar, sa grande main toujours posée dans le bas de mon dos. Normalement, je n'apprécie pas les comportements machistes qui crient *c'est ma femme*, mais là, c'est agréable. Digne d'un gentleman. Surtout que la moitié du bar, tous des hommes, nous regardent toujours fixement. Je coince une mèche de cheveux derrière mon oreille et m'examine, juste au cas où ma fermeture éclair serait ouverte ou mes sous-vêtements visibles.

Je porte une veste rose, un tricot de peau blanc et un jean confortable. Dans le miroir derrière le bar, je vois que la veste est assortie à mes joues, rosies par le froid. Et par de multiples orgasmes. Je me sens jolie, bien plus sexy qu'avant de rencontrer Caleb, mais ce n'est probablement pas pour ça qu'ils ne me quittent pas des yeux. Première-ment, ils ont sans doute déjà vu Caleb quelques fois, mais jamais avec une femme. Ni avec une personne assez proche pour qu'il la touche et lui parle. Deuxièmement, ma cheve-lure trahit que nous venons de coucher ensemble. J'ai fait de mon mieux pour la brosser, mais les soixante-douze dernières heures n'ont consisté qu'en de la baise. Pour dompter ma coiffure, présentement estampillée *Je viens de jouer dans les draps avec un amant infernal*, il me faudra plus qu'une brosse. Une bouteille de laque, peut-être deux. Et une intervention divine. Bien sûr, Caleb ne possède ni laque ni « trucs de fille ». Il m'a pris pour une folle quand je lui ai posé la question.

Quant à l'intervention divine, j'ai beau être athée, je sais que le fait qu'un homme des bois sexy couche avec moi relève du miracle et que j'ai peu de chances que la chose se reproduise de sitôt.

Le barman termine sa transaction avec un client et

s'approche de nous. C'est un montagnard massif. Pas autant que Caleb, mais de la même étoffe. Normalement, je flipperais à l'idée de me rendre dans un tel établissement, mais accompagnée de Caleb, le plus gros dur à cuire du lot, c'est plutôt amusant.

Je me penche sur le comptoir et, adressant à l'homme un sourire amical, demande gaiement : «Joe et Joe sont là ?

— Qui ? grogne-t-il en arquant un sourcil.

— Les propriétaires du bar.

— Il n'y a qu'un seul Joe.

— Oh, je ne savais pas. Parce que l'enseigne… » Je pointe la porte dans mon dos. «Elle indique le bar *des* Joe, alors… » Je m'interromps. Le barman me regarde comme si j'avais deux têtes. Le reste du bar me dévisage. Les clients sirotent leur verre et profitent du spectacle. Je continue : « Ça sous-entend le pluriel. Joe et Joe. Pas… hum… le singulier.

— Chérie », marmonne Caleb. À la façon dont sa joue tressaute, je devine qu'il se retient de rire.

« Peu importe », dis-je, marmonnant à mon tour.

Caleb enlace mes épaules. Il protège mes arrières, littéralement. « Chérie, reprend-il, qu'est-ce que tu bois ? »

Je cherche autour du comptoir, mais ne voyant aucun menu, je penche la tête et demande au barman : « Vous avez du vin blanc ? »

Derrière moi, quelqu'un s'esclaffe d'un air moqueur. Je pique un fard pendant que Caleb se retourne. J'imagine qu'il a foudroyé du regard la personne hilare jusqu'à ce qu'elle se taise, parce que le silence revient dans la salle.

« Non », répond lentement le barman. À en croire son expression, il n'en revient pas.

Mince. Je ne suis pas une grande fan de bière. « De la *Coors ?* »

Il prend ma question pour une commande, parce qu'il pose deux bouteilles devant nous avant de s'éloigner.

Bon, d'accord.

« J'imagine que ce n'est pas l'endroit pour commander du vin, dis-je en grommelant.

— Tu es probablement la première personne à en avoir demandé ici. » Caleb s'empare des bières.

« Probablement. »

Il pouffe et m'entraîne dans la salle. Ma déception ne dure que jusqu'à ce que l'organisateur de la soirée se lève et annonce le début du quizz. Son assistance distribue des feuilles de score.

« Je vais écrire », dis-je à Caleb. J'examine le crayon, m'assurant que la mine est bien taillée, qu'il n'est pas cassé et que la gomme fonctionne. Caleb m'observe, des rides autour des yeux. Il me trouve mignonne. Je le sais, parce qu'il m'en fait part.

Lorsque l'organisateur réclame le silence, il se penche vers moi.

« T'es prête ?

— Je suis prête depuis ma naissance. » Je me fige, le crayon sur notre fiche, mes yeux sur le présentateur.

Caleb rit à voix basse, ce qui fait naître de la chair de poule sur tout mon corps. C'est agréable, mais ça me donne envie de l'entraîner dans le couloir faiblement éclairé pour lui donner le baiser de sa vie.

« Tu me déconcentres, lui dis-je en plissant le nez.

— Ah oui ? » Un sourire flotte sur ses lèvres, mais il boit une gorgée de bière pour le dissimuler. « Je vais me taire. »

Sa gorge puissante se contracte lorsqu'il avale. « Ça n'aidera pas, dis-je d'un ton déconfit. Sauf si tu mets un sac sur ta tête.

— Mignonne, dit-il de nouveau en secouant la tête.

— Chut. » Je me concentre quand les premières questions sont posées. La première : quel est le plus ancien évènement sportif toujours en activité aux États-Unis ? *Le Kentucky Derby.* « Et c'est parti... »

Nous trouvons un rythme ; j'écris, il lit par-dessus mon épaule en buvant sa bière. La première série de questions porte sur le sport, la deuxième sur la télévision. Je remercie ma grand-mère pour tous ces après-midis au cours desquels elle me gardait, m'installant devant sa vieille télévision pour regarder des rediffusions.

« Tu es forte », chuchote Caleb en me serrant la nuque. Prouvant, une fois de plus, que mon intelligence ou ma nature compétitive ne l'intimident pas. Je lui adresse un bref sourire. « Tu ne bois pas ? » Il montre ma bière, que je n'ai pas touchée.

Je secoue la tête et continue à écrire. Je trouve le nom de la tortue de Charles Darwin (Harriet), la couleur de la langue de la girafe (noire), le lieu où se trouve la plus grande pyramide du monde (pas en Égypte, mais au Mexique).

« Tu en es sûre, chérie ? demande Caleb après la dernière question.

— Oui, lui dis-je en chuchotant à son oreille. La plupart des gens ignorent qu'il s'agit de la plus grande parce qu'elle est enterrée dans une montagne.

— Je capte. » Il tourne la tête, saisit mon menton et m'embrasse. Il a le goût de la *Coors.* Heureusement, j'aime les machos parfumés à la bière. Le baiser devient plus intense et des picotements me traversent jusqu'au bout de mes orteils.

Caleb s'écarte. Je garde le cou tendu, les lèvres entrouvertes.

« Quel désert sud-américain est l'un des lieux les plus secs au monde ? demande-t-il.

— Hum, pardon ?

— Miranda, concentre-toi. »

Je cligne des yeux, mais ne vois que son sourire.

Le présentateur répète la question et je reviens à la réalité.

« Ah, oui. » J'inscris *désert d'Atacama* et lance un regard noir à Caleb. J'articule silencieusement : « Tu me déconcentres.

— C'est vrai, dit-il en se levant. Je vois que tu gères. » Il emporte les bouteilles de bière vides et va en chercher d'autres pendant que je réponds à quelques questions supplémentaires. La première adresse du site Amazon.com (Relentless.com), la ville où les maires sont choisis en tirant un nom dans un chapeau (Dorset, Minnesota) et le nom désignant la peur de traverser un pont (géphyrophobie).

Caleb revient et lit attentivement mon travail. Il fait la moue en lisant la dernière réponse.

« Ne me demande pas de le prononcer », dis-je.

Un verre de vin blanc se trouve près de mon bras.

« Caleb, dis-je en lui donnant un petit coup de coude. Je croyais qu'ils n'en avaient pas.

— Ils n'en avaient pas, mais le propriétaire t'a entendue en commander et il est allé en acheter.

— Ah, c'est si gentil. » Je lève mon verre en direction du type grisonnant derrière le comptoir. « Je ne devrais pas boire de vin blanc en hiver, mais j'adore ça.

— Je te tiendrai chaud. » Il pose son bras sur mes épaules. Hum, c'est agréable.

« Et maintenant, une série de questions bonus en rafale pour clôturer la soirée, annonce le présentateur. Organisée par notre Bar des Joe. » L'homme à la chevelure poivre et sel s'incline.

« Ils devraient surtout revoir leur orthographe, dis-je dans ma barbe.

— La catégorie concerne les noms collectifs, continue le présentateur.

— Putain, c'est quoi, ça ? » demande quelqu'un. De mon côté, je me réjouis discrètement.

« Tu gères ? veut savoir Caleb.

— Oh, ouais.

— Comment appelle-t-on un groupe de buffles ? »

J'inscris *troupeau*. « C'était facile », dis-je à voix basse. Caleb trinque avec moi, le sourire aux lèvres.

« Un groupe de poussins ?

— Merde. » La tablée à côté de nous ne s'en sort pas du tout. Avec un petit sourire, je note *couvée*.

« Un groupe de poissons ?

— Un banc. » J'écris la réponse.

« Pour les lions. » Facile. « Une troupe.

— Pour les crabes.

— Un panier », me murmure Caleb.

J'acquiesce en souriant et note sa réponse.

« Pour les ours.

— Les ours sont des animaux solitaires. » Je regarde Caleb en fronçant les sourcils.

Il pose sa bière. « Un groupe d'ours est appelé une harde, chuchote-t-il avant de tapoter la fiche. Écris-le. »

Je m'exécute, ébahie. « Comment tu le sais ?

— J'ai cherché, un jour où je m'ennuyais. » Il tapote de nouveau la fiche jusqu'à ce que je penche la tête pour inscrire la réponse.

« Tu as déjà vu un groupe d'ours ?

— Non. Nous sommes des animaux solitaires », répond-il avec un clin d'œil.

On nous demande ensuite comment s'appelle un groupe de corbeaux. À la table d'à côté, le joueur qui écrit jette son crayon. J'écris *volée* et murmure à Caleb : «Je l'ai appris dans une chanson de Sting.

— Dernière question. Un groupe d'oiseaux de proie.

— Oui ! » Je note *nid*, puis suis prise d'un doute.

Caleb se penche vers moi. « Qu'y a-t-il ?

— C'est la réponse, dis-je en tapotant la feuille, sauf s'ils sont en vol. Dans ce cas, on les appelle une nuée. Et parfois, un vol. » Je mordille ma lèvre. « Je devrais mettre quoi ?

— Suis ton intuition, me conseille-t-il.

— Une fois que vous avez terminé, rapportez votre feuille », dit le présentateur. Je me dépêche de lui apporter la nôtre. Nous sommes les premiers à rendre notre fiche, ce qui nous donne dix points d'avance.

Quand je me retourne vers Caleb, un sourire plisse ses yeux. Il passe son bras autour de ma taille pour m'attirer contre son corps dur et me donne un autre baiser parfumé à la bière. Les tables à côté de nous s'esclaffent. Je recule pour reprendre mon souffle.

« J'suis fier de toi, dit Caleb en me donnant mon verre de vin.

— Vraiment ? » Je réprime un frisson ravi. Je suis entre les bras d'un homme terriblement bien foutu, qui n'a pas ménagé ses efforts pour me faire passer une excellente soirée. Il est sexy, et je ne l'intimide pas.

« Oh, ouais, te voir te mettre à fond dans le jeu… bandant. » Cette fois, je laisse le frisson me parcourir. Les lèvres de Caleb touchent mon oreille. « Seulement, c'était trop facile, chérie. La prochaine fois qu'on jouera, j'en ferai un véritable défi. » Lorsque sa main libre caresse la couture de mon jean, je manque de lâcher mon vin.

« Ç-ça a l'air intéressant. Je serais d'accord pour essayer.

— Mm-hmm. » Caleb retire sa main, mais pas son bras. Je me réinstalle et vide mon verre. Tant pis pour le

Trivial Pursuit. Je jouerais à n'importe quel jeu avec Caleb, tant qu'il établit les règles.

Je remporte le prix, une plaque comportant l'inscription *Pourvoyeur de savoir inutile*. Le propriétaire, Joe en personne, vient me remettre le trophée. Je fais un commentaire sur l'enseigne du bar et déplore le S de trop. Joe se penche et me révèle : « Je t'ai entendue le dire plus tôt. C'est vrai, il y a deux Joe. » Je le regarde, surprise, et il poursuit : « C'était un ami à l'armée. Il est mort à la guerre. On disait toujours qu'on ouvrirait un bar ensemble quand on rentrerait chez nous. Donc, le nom sur l'enseigne est correct. » Il s'interrompt. « Il n'y a pas grand monde qui le remarque. »

Je serre Joe dans mes bras avant de me tourner vers Caleb et d'être éblouie.

Je chantonne, mes pieds posés sur le tableau de bord du pickup de Caleb : « Un groupe de hiboux s'appelle un parlement. Un groupe d'abeilles s'appelle un essaim. Un groupe de souris s'appelle une nichée. »

Il se gare, fait le tour du véhicule pour ouvrir ma portière et m'aide à descendre.

« Un groupe de kangourous s'appelle une foule. » Caleb me soulève dans ses bras dès que mes pieds touchent le sol. Je passe un bras autour de son cou et l'informe : « Un groupe de phoque est une écha… échou… » Je fais claquer mes lèvres et retente : « Une échouerie.

— T'es bourrée ?

— Peut-être. Un peu. Un groupe de sauterelles est un nuage.

— Putain, tu es tellement intelligente, commente-t-il en me jetant sur le lit.

— Tu me trouves intelligente », dis-je en un murmure bienheureux. Je le regarde se débarrasser de son manteau, son T-shirt et ses bottes. Puis il est contre moi.

« Je sais que tu l'es. »

Il ouvre la fermeture éclair de mon manteau, puis de ma veste, et les enlève. « Tu ne sais pas que tu es intelligente ?

— Si. » Il fait remonter mon haut. « C'est juste facile de l'oublier quand mes collègues me dénigrent.

— Ce sont des idiots, affirme Caleb de sa façon macho avant d'ôter mon haut. Miranda, tu dois avoir conscience que tu es intelligente, gentille et belle. Merde. » Il pose sa main sur ma joue et me regarde. J'essaie de ne pas gigoter sous son regard insistant. « Tellement belle, putain.

— Caleb », dis-je en un souffle alors qu'il vient s'allonger sur moi. Sa barbe effleure mon cou tandis qu'il dépose de délicieux baisers piquants le long de ma clavicule. « Caleb. » Mon murmure se mue en gémissement et je me tortille sous lui pendant que ses lèvres parcourent mes mamelons. Il baisse mon soutif avec ses dents et recule pour me contempler. Son regard veut tout dire. Je pourrais jouir sur-le-champ, simplement parce qu'il me regarde ainsi. Il me voit. Il me comprend. Il se soucie de moi. Depuis le début.

C'est effrayant.

Je détourne la tête. « Un groupe de vipères s'appelle un nœud.

— Miranda. » Ses doigts, délicats sur ma mâchoire, orientent mon visage vers lui. « Tu as envie de me dire quelque chose ? »

Oui. Je me mords la lèvre pour ne pas laisser échapper : *je sais que c'est temporaire entre nous, mais je suis en train de m'attacher à toi.*

« Miranda ?

— Un groupe de flamants s'appelle une flamboyance »,
dis-je à mi-voix. Puis j'enlace son cou alors qu'il me
pénètre. J'inspire. Ses mains se posent sur ma poitrine, son
pouce taquine mon mamelon. Mes muscles internes se
contractent autour de son membre pendant qu'il va et
vient, s'enfonçant de plus en plus profondément en moi. Il
me fait lever la jambe pour atteindre des zones de mon
corps dont j'ignorais l'existence. Sentant mon orgasme
approcher, je ferme les yeux. Je n'arrive plus à réfléchir. Le
sexe de Caleb touche un point particulièrement sensible, et
mon esprit se vide de toute pensée pour m'éviter d'affronter la réalité : ça ne durera pas éternellement entre
nous. Ça se terminera.

Mais pas encore. Pas cette nuit.

CHAPITRE TREIZE

Miranda

J'ai l'impression d'être un verre sur le point de se briser. Tout est étrange, comme une expérience extracorporelle. Me réveiller auprès de Caleb. Manger le petit-déjeuner. Ranger mes affaires dans le coffre de la Subaru.

Ce matin, tout s'est transformé en cendres dans ma bouche.

Je m'en vais. Je fais mes adieux et quitte Pecos.

Je quitte Caleb.

Et j'ai envie de faire des projets, de lui donner mon numéro en lui disant de m'appeler. Ou de lui demander de venir me rendre visite à Albuquerque, mais nous savons tous les deux que ça n'arrivera pas.

Sa place est ici, et j'ai ma propre vie. En outre, nous ne sommes pas en couple. Nous avons couché ensemble.

Beaucoup.

Nous avons énormément couché ensemble.

Ça ne fait pas de nous un couple. Nous ne nous sommes pas avancés, rien promis.

Ça ne signifie pas que notre relation a un avenir.

« Bon. » Je me poste à côté de ma voiture, la portière ouverte. Ours est déjà monté à bord et m'attend en remuant la queue.

« Bien. Sois prudente sur la route. » Caleb ne me regarde pas dans les yeux.

« Merci pour tout. » J'ouvre les bras, comme pour lui donner une étreinte amicale.

Caleb ne bouge pas. Ses yeux sombres me clouent sur place, son expression m'empêche de laisser échapper d'autres mots sans importance.

« Je tiens à toi, Miranda », dit-il.

Je cesse de respirer.

« Je n'aime pas imaginer que tu te fais malmener par ces scientifiques. »

Oh.

Nous y revoilà. Là où nous avons commencé il y a quatre jours, dans son chalet.

Tentant de ne pas être déçue, je marmonne : « Je sais me défendre.

— Tu as intérêt. » Il le dit comme un avertissement. L'homme des bois grincheux est de retour à pleine puissance ce matin.

« Si tu passes à Albuquerque un jour…

— Je ne pense pas, me coupe-t-il.

— Bon. D'accord. Eh bien, j'y serai. Et, hum, tu seras ici. » Je ne précise pas que je devrai peut-être revenir pour effectuer des recherches supplémentaires. J'aurais l'impression de lui tendre une perche qu'il n'a pas envie de saisir.

Je m'approche de lui et me dresse sur la pointe des pieds pour déposer un baiser sur sa joue.

Il reste immobile comme une statue. Comme si mon baiser l'avait pétrifié.

« Au revoir », dis-je en un murmure.

C'est réellement un au revoir. Pas *à bientôt,* ni *à la prochaine.*

Il ne répond rien.

Je monte dans la Subaru et démarre le moteur, le ventre douloureusement noué. Je ne commence à pleurer qu'après avoir passé le premier virage.

Puis je fonds en larmes.

Caleb

Je regarde la Subaru de Miranda disparaître sur la route forestière pendant que mon ours rugit, angoissé.

Ne la laisse pas partir.

Ne la laisse *pas* partir.

Mais je dois le faire. Quel choix ai-je ? Sa place n'est pas auprès de moi. Je n'ai rien à lui offrir. Je suis un homme brisé, sans le sou ni la moindre ambition. La tristesse m'a brisé, mon animal m'a fait perdre la tête. Même sans tout ça, je suis un métamorphe et elle, une humaine. On ne devrait pas se mélanger.

Je monte dans mon pickup et retourne à mon chalet. Pendant tout le trajet, mon ours pète un câble. Tente de prendre le contrôle. Rugit sous ma peau.

Laisse-la partir, ours. On ne peut pas l'avoir.

Elle n'est pas pour nous.

Miranda

Ça ne signifiait rien. Ou peut-être, pas assez.

Je n'étais pas suffisante pour détourner Caleb de son

chagrin.

De son deuil.

Et même si j'ai affirmé qu'il n'y a que du sexe entre nous, il s'est frayé un chemin jusqu'à mon cœur. Alors que je m'éloigne, cet organe est réduit en pièces. Des morceaux en sont éparpillés partout sur cette montagne.

Je viens de dépasser la ville de Pecos quand un homme se place devant ma voiture. Il secoue les bras comme s'il avait besoin d'aide.

Je freine, m'arrête et baisse ma vitre. « Oui ? »

Sur la banquette arrière, Ours devient fou. Il se met à aboyer, mais avant que je puisse tenir compte de son avertissement, le type passe si vite ses mains par la fenêtre ouverte que je les vois à peine arriver. Il me pique dans le cou avec quelque chose de pointu.

Je le regarde fixement, l'horreur remplaçant ma tristesse.

Caleb avait raison depuis le début. Un tueur me suivait. Je suis sa proie.

Et maintenant, il m'a eue.

Je m'avachis sur le volant et tout devient noir.

Lorsque je me réveille, je suis en culotte et débardeur dans une cage. Il s'agit d'une grosse cage métallique, comme celle pour un grand chien dans une fourrière. Je me trouve dans une pièce faiblement éclairée qui sent la terre et le moisi. Comme si nous étions dans une cave. La peur me submerge et me tire de la brume induite par l'injection. Alors que je tente de me rappeler ce qui s'est passé, j'essaie de m'asseoir et me cogne la tête contre le sommet de ma prison.

Je grogne et cligne des yeux, essayant de découvrir ce

qui m'entoure pendant que mon esprit lutte pour se souvenir.

À cet instant, je réalise que je ne suis pas seule. Une cage se trouve à côté de la mienne et, oh mon Dieu, avec une autre femme à l'intérieur. Elle est mince et pâle. Sa chevelure blonde n'est qu'une masse de nœuds. Elle pose un doigt sur ses lèvres en un avertissement silencieux.

Une nouvelle onde de peur parcourt mes veines, mais la situation m'encourage à réfléchir rationnellement. Je ne suis pas seule. Et si cette femme est là aussi, ça signifie que je ne risque pas une mort immédiate. Je suppose qu'il s'agit d'une des randonneuses ayant disparu.

Je jette des coups d'œil dans la pièce plongée dans la pénombre et remarque une autre cage, puis une autre. Huit au total. Deux de plus sont occupées, également par des jeunes femmes. Donc, il pourrait s'agir des trois femmes portées disparues.

Et je viens de devenir la quatrième.

Cette pensée me plombe le moral, mais elle est suivie d'un espoir.

Caleb me trouvera.

J'essaie de repousser cette espérance, digne d'une princesse Disney. Caleb n'est pas à ma recherche. Il pense que je suis rentrée à Albuquerque et, même si je lui ai laissé mon numéro de téléphone avant de partir, nous n'avons pas prévu de garder contact.

Ce n'est pas comme s'il allait appeler la police si je ne lui envoie pas de message pour lui dire que je suis bien arrivée.

Personne ne le fera.

Il s'écoulera des jours, voire plus d'une semaine, avant que quelqu'un se rende compte qu'il y a un problème. Les mecs du labo et mes amis penseront simplement que j'effectue toujours mes recherches. Je n'ai dit à personne que je quittais la montagne aujourd'hui.

Je regarde à nouveau dans la cage contiguë à la mienne.

La femme replaque son index sur ses lèvres et secoue la tête. « Silence », articule-t-elle.

Des frissons descendent le long de mon échine, mais j'acquiesce pour indiquer que j'ai compris.

Dans cette situation, je dois me fier à ma codétenue. Elle est ici depuis plus longtemps que moi.

Il ne se passe rien pendant un long moment. Je dresse la liste d'un million de questions à poser à ces femmes quand — ou si — j'en ai l'occasion.

Finalement, une porte s'ouvre, laissant pénétrer un rayon de lumière dans la pièce. L'homme qui m'a arrêtée sur la route entre. Il porte une blouse blanche de laboratoire.

« Ah, notre plus récent sujet est réveillé, dit-il d'une voix faussement enjouée. Il est temps de commencer les tests. »

Je coule un regard vers la femme à côté de moi. L'appréhension sur son visage me confirme que ça ne va pas me plaire.

Mon ravisseur ouvre la cage. « Dis-moi, que faisais-tu avec l'ours ? »

Je suis alors certaine, sans l'ombre d'un doute, qu'il s'agit de l'homme qui a assassiné la femme et la fille de Caleb.

Il saisit mon bras et y plante une aiguille, m'administrant une nouvelle injection. Cette fois, je ne perds pas connaissance, mais mes muscles se détendent. Je ne peux plus bouger mes membres, ni même lever la tête.

L'homme pousse une civière jusqu'à la cage et me tire par le bras. Je ne sens pas où il me touche, mais il doit posséder une force surhumaine, parce qu'il me manipule sans mal, malgré mon poids.

Refusant de jouer la victime sans défense, je me sers des seules armes présentement à ma disposition : mon esprit et ma langue. « L'ours, *c'est toi*», dis-je d'un ton accusateur.

Il se fige, ses yeux deviennent ambrés. Alors que je le regarde, horrifiée, il se transforme. Ou plutôt, à moitié. Son visage devient celui d'un ours. Un museau pousse là où se trouvait son nez, ses dents s'allongent. Ses mains deviennent également d'énormes pattes, avec des griffes de tueur. De la fourrure apparaît, mais seulement par endroits. Il ne mute pas complètement en animal. Il est coincé quelque part entre les deux : mi-homme, mi-ours.

L'une des femmes hurle, ce qui m'indique qu'elle n'avait jamais vu cette facette de son geôlier, ou que celle-ci est à redouter.

Le type devient dingue. Il donne des coups de griffe dans le vide, renverse une table et une chaise. Il retourne la civière sur laquelle je me trouve et je m'écrase au sol. J'ai probablement de la chance de ne pas contrôler mes muscles ; la mollesse de mon corps adoucit ma chute.

Il lance les cages à travers la pièce. Les femmes à l'intérieur crient. Il continue son saccage, réduisant tout en pièces, fracassant son équipement de laboratoire, décanteurs, éprouvettes et fioles.

Ça semble durer une éternité. Quand il ne reste plus rien à casser, il sort de la pièce au pas de course, toussant et sifflant entre ses rugissements.

J'entends une autre porte claquer, puis l'une des femmes prend la parole. « Merde. Putain, c'était quoi, ça ?

— Une expérience sur un métamorphe qui a mal tourné, dis-je.

— Une quoi ? » La question, posée d'une voix tremblante, provient d'une autre cage.

« Ce type était le sujet d'expérience d'un projet de recherche gouvernemental qui a dégénéré. Je suppose qu'en plus de faire de lui un monstre, ça l'a rendu fou.

— Oh, Seigneur, murmure la première femme. Je comprends mieux.

— Quoi donc ?

— Il appelle cette cave *le labo*. Il pense qu'il effectue des expériences sur nous, mais elles n'ont aucun sens. Il prélève du sang et le secoue dans de petits tubes à essai auxquels il ajoute du colorant alimentaire et de l'eau. Il nous torture et prétend qu'il s'agit de tests de résistance à la douleur. Pendant qu'on hurle, il nous crie de muter. On ne comprenait pas ce qu'il veut ou ce qu'il essaie de faire. Seulement qu'il est complètement taré. »

Je m'efforce de bouger, mais mon corps n'obéit toujours pas. « Je dois nous faire sortir d'ici », dis-je d'une voix pâteuse. Mes lèvres et ma langue sont aussi engourdies que le reste de ma personne.

« Ouais, bon courage. Tu ne bougeras pas avant au moins six heures.

— Je m'appelle Miranda. Et nous allons sortir d'ici.

— Tu as l'air bien sûre de toi, Miranda, dit sèchement l'une des femmes. Mais on dirait que jusqu'à présent, ton plan ne fonctionne pas. Je m'appelle Julia.

— Et moi, Rachel.

— Tracy.

— Je dirais bien que c'est un plaisir de faire votre connaissance, mais les circonstances sont pourries », dis-je. Le relaxant musculaire m'empêche d'articuler. « Il y a des posters avec vos visages à travers tout le Nouveau-Mexique. On ne vous a pas oubliées.

— Tu es flic, un truc comme ça ?» demande l'une d'elles. Tracy, il me semble.

«Non. Je suis une écologiste. Mais cette semaine, j'ai rencontré un homme qui essayait de vous retrouver. Il pense que ce type a tué sa femme et sa fille.»

Caleb.

À l'idée de ne jamais le revoir, ma poitrine se comprime comme si je portais un corset.

Je ne peux pas compter sur le fait qu'il nous retrouve. Nous nous sommes fait nos adieux et il n'a aucune raison de soupçonner que je ne suis pas encore chez moi, pelotonnée avec mon chien.

Ours !

«Est-ce que l'une d'entre vous a vu ou entendu mon chien ?»

Mon cœur tambourine alors que je me souviens comment Ours a plongé dans le fleuve. Et s'il ne s'agissait pas d'un accident ? Et si mon ravisseur l'avait jeté à l'eau ? Et s'il avait fait quelque chose d'horrible à Ours ?

«Non», répondent-elles.

J'entends une porte s'ouvrir et les trois autres prisonnières m'intiment au silence. Tenant compte de leur avertissement, je la ferme. Énerver ce cinglé ne serait pas une bonne idée.

Je dois faire fonctionner ma cervelle pour élaborer un plan qui nous permettra de nous enfuir. Il est hors de question que je reste enfermée éternellement et devienne le cobaye d'un taré.

Caleb

Dans mon chalet, tout a l'air anormal.

Me semble anormal.

Miranda est partie depuis deux jours, mais je suis incapable de retrouver mes anciennes habitudes. J'ai changé.

Elle m'a changé.

Le chalet paraît vide sans elle. Et étrangement, il ne me fait plus l'effet d'un mémorial pour Jen et Gretchen. Non que leur souvenir ait été effacé. Non, j'ai même l'impression de leur rendre encore plus hommage. Je suis plus déterminé à retrouver leur tueur et à clore cette affaire. Mais je comprends aussi qu'il est temps que je recommence à vivre.

Me terrer seul ici et devenir un ermite ne me semble plus la chose à faire.

J'en veux plus.

J'en ai besoin.

Merde, Miranda me manque. Terriblement, à vrai dire.

Je regarde mon portable, dans lequel j'ai enregistré son numéro. Bien sûr, je n'ai pas de réseau dans mon chalet. Mais ça vaut peut-être le coup de descendre en ville. Je pourrai voir si Parker a appelé et envoyer un message à Miranda.

Ou lui passer un coup de fil.

J'ai besoin qu'elle sache que j'aimerais la revoir.

Je veux voir où une relation pourrait nous mener. Je croyais que mon cœur n'avait plus de place. Qu'aimer quelqu'un d'autre serait trahir ma compagne disparue.

Je ne m'étais pas rendu compte que mon cœur avait déjà fait de la place pour une autre personne. Et je l'ai laissée partir sans le lui dire. J'ai été idiot, mais il n'est peut-être pas trop tard.

Une partie du poids qui écrase ma poitrine se soulève.

Je me lève du canapé, fourre mon téléphone dans ma poche et me dirige vers la porte.

Et j'entends un geignement.

Il provient de derrière ma porte et…

J'ouvre et m'accroupis. « Ours ! »

Le chien de Miranda s'assied et aboie en me regardant. Que fait-il ici ?

Je regarde aux alentours, mais ne vois aucun signe de la Subaru de Miranda. Elle n'est pas revenue ici.

« Viens là, mon grand. » Je tends la main pour le caresser, mais il recule et recommence à aboyer. Je sens l'odeur de son sang, déjà séché. Il boite légèrement. Bien qu'il semble à moitié gelé, il n'entre pas. Non, il essaie de me dire quelque chose.

Oh, putain.

Qu'est-il arrivé à Miranda, cette fois ?

Mais je connais déjà la réponse.

Je le sais, à cause de la terreur qui me donne la chair de poule. À cause de la puissante douleur, comparable à une dague dans le cœur.

Pitié, qu'elle ne soit pas morte.

Pitié, pas comme Jen.

Une bande glacée enserrant ma poitrine, je prends ma veste et me précipite dehors. « Où est-elle, mon grand ? Montre-moi. »

Ours part en courant. Je comprends que nous ne monterons pas dans mon pickup.

« Attends, chien. » Je siffle. Ours revient et aboie de nouveau.

« Trente secondes », lui dis-je, même s'il ne peut me comprendre. Il captera le sens général de mes mots. Je fonce à l'intérieur pour me déshabiller. Une fois ressorti, la porte fermée, je mute.

Ours geint, mais il se remet en marche. Je le suis en grandes enjambées et nous courons sur plusieurs kilomètres pour descendre le flanc de la montagne.

J'ai un haut-le-cœur quand je remarque l'odeur du métamorphe mutant. Alors que le parfum devient plus fort, ma fourrure se dresse sur ma nuque. Puis je vois la Subaru de Miranda dans un fossé, à quelques centaines de mètres de la route de Santa Fe.

Putain.

Ours se met à aboyer et court autour de la voiture.

Merde. Il ne sait pas où elle est. C'est ici qu'il a dû la voir pour la dernière fois. Je dois me débrouiller par moi-même.

Je lève ma truffe en l'air pour déceler le parfum de Miranda. Il est mélangé à celui de l'ours mutant, mais je finis par le trouver. Je suis l'odeur pendant encore deux ou trois kilomètres en pente, jusqu'à ce que nous arrivions devant un chalet.

Cet endroit pue l'ours mutant. C'est forcément ici.

À cet instant, j'entends Miranda hurler.

Miranda

Ma gorge est irritée à force de crier. Je suis attachée à une civière et un fou me surplombe. Il a déjà prélevé mon sang quatre fois, en se servant d'équipements sales et non stériles. Les autres prisonnières avaient raison : aucune réelle expérience n'a lieu ici. Ce n'est qu'un fou en plein délire qui se prend pour un véritable scientifique. Et qui aime infliger de la douleur. Je hurle lorsqu'il enfonce une aiguille sous l'ongle de mon pouce.

« Mute ! me crie le cinglé, de la salive s'échappant de sa bouche. De l'ADN d'ours grandit en toi. Utilise-le pour muter ! »

Je crie de plus belle.

Les femmes sont recroquevillées dans leurs cages, les yeux fermés, se bouchant les oreilles pour ne pas entendre mon effroyable torture.

La porte s'ouvre soudain brutalement et manque de sortir de ses gonds. J'entends Ours aboyer, puis le grondement d'un ours bien réel.

Caleb.

Je savais qu'il viendrait.

Le fou fait volte-face. Ses fausses lunettes glissent sur son nez, sa blouse sale fouette ses jambes.

Poussant un grondement démoniaque et furieux, il prend la forme de son monstre, mais Caleb l'a déjà plaqué au sol. Ours, mon adorable chien intrépide, décrit des cercles autour d'eux en grondant et aboyant.

Caleb montre les dents et rugit, telle une sombre divinité venue rosser le diable en personne.

Néanmoins, mon ravisseur se bat comme le fou qu'il est. Il possède lui aussi une force surhumaine et est totalement déchaîné. Les deux animaux roulent à terre, renversant et détruisant tout sur leur passage. Leurs rugissements redoublent.

Caleb soulève mon geôlier et le lance à travers la pièce. Il percute le mur et glisse le long de la paroi, mais se relève instantanément. Il fouille parmi son équipement de laboratoire.

Lorsque je comprends qu'il emplit l'une des seringues hypodermiques, je crie : « Attention à l'aiguille ! » Il ne peut pas emprisonner Caleb. Impossible.

Caleb évite la seringue et la fait sauter de la main de mon ravisseur. Elle roule dans la pièce. Rachel tend le bras à travers les barreaux de sa cage pour la ramasser, puis rencontre mon regard et hoche la tête.

J'acquiesce en retour.

Caleb plaque notre geôlier à terre. Poussant un terrible

grondement, il donne un coup de griffe à la gorge de l'homme. Un gargouillis confirme qu'il est mort. Pourtant, Caleb continue de le griffer, entaillant sa poitrine et son ventre.

« Caleb ! »

Il secoue sa grosse tête et la tourne dans ma direction. Il retrousse ses babines, révélant une dentition féroce, et rugit de nouveau. Il est encore plus furieux qu'avant.

Les femmes dans les cages poussent des hurlements.

Semblant les voir pour la première fois, il rugit de plus belle.

Il fait glisser ses griffes sous les liens autour de mon poignet, égratignant ma peau.

Je pousse un petit cri, mais m'empresse de marmonner : « Je n'ai rien. »

Il déchire l'autre côté, et je suis libre. Je me redresse et arrache l'aiguille de mon pouce en poussant un cri. Ours gémit à côté de moi. Il lèche ma main, puis l'égratignure ensanglantée sur mon poignet.

Caleb montre de nouveau les dents, lève la tête vers le plafond et rugit de colère.

Je me lève pour fouiller le corps de notre ravisseur, à la recherche des clés des cages, mais Caleb saisit la porte de l'une d'elles de sa patte immense et pousse du pied contre la cage, arrachant la porte de ses gonds. Rachel lève la seringue hypodermique, prête à la plonger dans le cou de Caleb.

Je crie : « Non, attends ! »

Elle se fige.

Caleb souffle et fait sauter la seringue de la main de Rachel.

« Ce n'est rien. Il est, euh… il ne nous fera pas de mal. » Je l'aide à sortir de la cage.

Caleb passe à la suivante, arrachant également la porte. Puis celle d'à côté.

« Barrons-nous d'ici », dit Rachel en sortant de la pièce au pas de course.

Caleb avance lourdement à quatre pattes et nous pousse hors du chemin, comme s'il avait besoin de passer en premier.

« Tout va bien. Il ne vous fera rien, c'est promis. » Je me creuse déjà les méninges pour trouver comment leur expliquer que j'ai un ours domestiqué.

Nous montons une volée de marches. Il nous gardait bien dans une cave, comme je le soupçonnais. Au rez-de-chaussée, nous découvrons un cottage rudimentaire et crasseux. Des indices que cet homme était tout juste capable de prendre soin de lui-même.

Même si nous sommes à peine vêtues et n'avons ni manteaux ni chaussures, nous fonçons dehors.

J'agrippe l'épaule poilue de Caleb. « Va chercher Caleb », lui dis-je avec fermeté, frissonnant de froid. Maintenant, nous avons besoin de lui sous sa forme humaine. Il faut appeler la police, et peut-être une ambulance.

Il secoue sa grande tête, comme s'il était réticent à me laisser.

Je lui montre la seringue hypodermique, que j'ai ramassée après qu'il l'a fait sauter de la main de Rachel. « Je suis sûre qu'il est mort. Mais, au cas où, je suis armée. »

Caleb renifle et s'éloigne en trottant. Ses jambes puissantes lui permettent de remonter le flanc de la montagne à une vitesse ahurissante.

« Merde. C'était quoi, ça ? demande Julia.

— Hum, mon ami Caleb a un… euh, un ours apprivoisé. Enfin, pas autant qu'un chien, mais ils sont amis. Il est extrêmement intelligent. »

Julia, Rachel et Tracy me fixent toutes trois avec incrédulité.

Mince, je suis une très mauvaise menteuse. Mais j'ai juré à Caleb d'emporter son secret dans la tombe et je compte bien tenir parole.

« Je ne sais pas pour vous trois, mais je ne resterai pas ici une minute de plus, annonce Tracy en commençant à marcher pieds nus dans la neige.

— Non, non, non ! Attends ici. Caleb va venir nous aider. Je vous le promets. »

Tracy se retourne, les yeux plissés. « Tu es dingue ? Tu as demandé à un ours de ramener ton ami, et tu crois qu'il va se pointer ? Tu es aussi folle que ce type là-dessous, dit-elle en indiquant la direction de la cave.

— Non, vraiment. Cet ours vient de nous sauver la vie, non ? Il va aller chercher Caleb. Fais-moi confiance. »

Elle pince les lèvres, mais revient vers nous. On entre toutes les quatre, parce qu'on se les pèle. Je me rhabille après avoir trouvé mes vêtements parmi la lessive sale. En revanche, je ne parviens pas à trouver les habits des filles. Mais ce n'est pas grave, parce que le pickup de Caleb arrive à fond sur le chemin en terre et s'arrête devant le chalet. Il sort du véhicule et court vers moi avant même que je puisse prononcer son prénom.

Je descends l'escalier en courant et me jette dans ses bras.

« Caleb ! » Tout à coup, je pleure. Toutes les larmes de mon corps, à vrai dire. « Je savais que tu viendrais. Enfin, j'espérais que tu le ferais. Et tu es venu. Merci beaucoup.

— Putain, chérie, putain. Je suis si content que tu sois vivante. Tellement content, merde. » Il me fait lentement tourner dans ses bras, mes pieds ne touchant plus terre. « Je n'aurais jamais dû te laisser partir. Attends… ce n'est pas ce que je voulais dire. » Il lève les yeux vers les trois femmes sur le pas de la porte. « Peu importe, je t'en parlerai plus tard, dit-il avant de leur faire un signe de main. Montez dans le pickup. Je vous emmène chez le shérif. »

Mon cœur tambourine toujours après *je t'en parlerai plus tard*. A-t-il quelque chose à me dire ? Sur le fait qu'il ne voulait pas me laisser partir ?

On s'entasse tous dans le véhicule de Caleb, y compris Ours, et il parcourt les quelques kilomètres nous séparant de la ville de Pecos jusqu'au bâtiment de police.

Comme c'est une petite ville, des gens sortent voir ce qui se passe. Quelqu'un reconnaît les femmes représentées sur les posters des personnes disparues et tout le monde s'agite bientôt, s'approche pour obtenir des informations pendant que nous entrons dans le bureau du shérif.

Caleb me prend la main en un geste protecteur et mon cœur fait un salto. Nous racontons notre histoire cinq ou six fois chacune au shérif, qui appelle une ambulance pour nous quatre, afin que nous soyons examinées à l'hôpital de Santa Fe. Caleb, mon fort et silencieux garde du corps, ne me quitte pas d'une semelle. Le shérif s'adresse à lui avec respect, comme s'ils se connaissaient depuis longtemps. Caleb lui explique que mon chien est venu le chercher et qu'il nous a trouvées ainsi. Personne ne le contredit. De toute manière, l'histoire avec l'ours était trop fantasque.

L'homme ne croit pas non plus que l'homme pouvait se transformer en monstre, jusqu'à ce que Caleb et ses adjoints sur place le confirment.

Le reste de la nuit est flou. Je répète ce qui m'est arrivé une dizaine de fois et me fais examiner par des médecins à l'hôpital.

Après avoir quitté le shérif, Caleb a emmené Ours chez lui pendant que je montais dans l'ambulance pour Santa Fe. On ne nous avait donné que du pain et de petites rations d'eau pendant notre captivité, et Rachel a perdu connaissance le temps que l'ambulance arrive. C'est elle qui était là depuis le plus longtemps — huit mois. D'après tous ceux qui ont entendu l'histoire, nous avons de la chance d'être vivantes, étant donné l'état mental de notre ravisseur. Les familles des autres femmes ont été contactées et l'hôpital essaie de tenir les journalistes à distance pour protéger leur vie privée. Je suis contente de ne jamais avoir été déclarée disparue. Ainsi, je pourrai peut-être rester hors des articles.

Caleb attend avec moi dans la chambre d'hôpital. Je suis assise sur le lit, et lui sur la chaise à côté.

« Je dois prévenir quelqu'un ? Tes parents, ou quelqu'un d'autre ?

— Oh, euh… » La déception me fait l'effet d'un coup de poing dans le plexus solaire. Sans vraiment savoir pourquoi, je pensais rentrer chez Caleb. Mais cette hypothèse était peut-être erronée.

Il doit remarquer mon trouble, parce qu'il me prend la main. « Je prendrai soin de toi ce soir, bien sûr. Je ne voulais pas m'imposer, c'est tout. Tu sais, juste au cas où quelqu'un devrait être averti de ce qui se passe. »

Ma joie est de retour. « Oh. Non, je pourrai inquiéter mes parents avec cette histoire plus tard. Ils vont complètement flipper, mais ça peut attendre.

— D'accord, dit-il en hochant la tête. Je te ramène chez moi ce soir. »

Le contentement m'envahit comme un fleuve puissant. Retourner chez Caleb. Où j'ai passé deux des meilleures journées de ma vie.

Il prend mon menton dans sa main. « Écoute, Miranda. Je n'ai pas aimé comment les choses se sont terminées entre nous.

— C-comment ça ? » J'humecte mes lèvres. Mon cœur bat à toute vitesse. Je viens de survivre à un kidnapping et une séance de torture. Discuter de ma relation avec Caleb ne devrait pas me donner des sueurs froides, mais c'est pourtant le cas.

«Je veux dire…, commence-t-il en passant une main sur sa barbe. J'ai envie de te revoir. Je ne veux pas que ça se finisse entre nous. Je sais que tu as ta carrière…

— Je ne veux pas que ça se finisse, moi non plus.» Dès que j'ai laissé échapper ma réponse, je sens mon visage chauffer.

Caleb entoure ma nuque de sa grande paume, me fait lever et m'embrasse avec toute l'agressivité d'un animal sauvage.

Je me soumets avec joie, le laisse posséder ma bouche de sa langue, puis gémis lorsqu'il prend ma lèvre inférieure entre ses dents.

«Alors, on est d'accord», souffle Caleb quand il met fin au baiser.

Sur le pas de la porte, l'infirmière toussote. «Le médecin a signé votre décharge. Vous pouvez y aller.

— Génial.» J'adresse un large sourire à Caleb en le prenant par la main et le laisse m'entraîner dehors, puis dans son pickup.

Caleb

Miranda et moi devons parler, mais j'ai été trop occupé à la baiser comme un dingue. Je l'ai prise dans mon lit. Sur le sol du salon. Sur le canapé. Contre le comptoir de la cuisine. De nouveau sur le lit. Elle s'y trouve actuellement, une poupée de chiffon molle, tandis qu'elle se remet de la dernière session.

J'ai d'abord été délicat, conscient de la torture qu'elle a

endurée et de la coupure que je lui ai faite avec mes griffes. Mais j'ai ensuite perdu le contrôle. J'ai eu besoin de la posséder brutalement. Dans toutes les positions imaginables.

Je ne l'ai pas laissée dormir de la nuit. Maintenant que j'ai décidé que je peux l'avoir, je suis vorace. Mon ours souhaite la revendiquer de façon permanente.

Ressentir le besoin de s'unir pour toujours est étrange pour un ours. Et qu'il me soit venu deux fois est encore plus étrange. Bien sûr, je ne peux pas m'unir à Miranda. Elle n'est pas métamorphe. Mais le fait que j'en aie envie est un délicieux casse-tête. Je me sens plus vivant que je ne l'ai été depuis des années. Tout semble possible.

Je repousse ses épaisses mèches rousses de devant son visage, m'émerveillant de la pâleur de sa peau. L'ours noir et la déesse rousse de la science. Elle est une guerrière à part entière, sauvant la Terre avec sa détermination à cataloguer et s'exprimer sur les changements climatiques.

« Je dois repartir aujourd'hui, soupire-t-elle.

— Ouais. À ce propos. » Ma gorge devient sèche. Je ne sais même pas ce que je lui demande. Ou, du moins, je suis ambivalent sur le sujet. Je veux rester avec Miranda, qui habite à Albuquerque. Mais je suis un ours et ma place est dans la forêt.

Elle pose de grands yeux interrogateurs sur moi.

Je déglutis. « Je pourrais venir avec toi. Pour m'assurer que tu rentres bien et que tu ne risques rien. »

Elle esquisse le sourire le plus radieux qu'il m'ait été donné de voir. « Ce serait super. Ça me plairait beaucoup. Tu pourrais rester aussi longtemps que tu veux. Enfin, si tu n'as pas besoin de revenir ici ou d'aller ailleurs. »

Quelque chose se libère en moi et mes yeux brûlent. Je vais vraiment m'autoriser à avoir ça. À l'avoir, elle. Je vais vraiment dépasser ma tragédie et recommencer à vivre.

Je roule pour me placer sur elle, m'appuyant sur mes avant-bras pour lui épargner mon poids. «Je n'aime pas être loin de la forêt, mais je ne veux pas non plus être éloigné de toi.»

Elle retient son souffle, ses yeux deviennent brillants de larmes. «Moi non plus, je ne veux pas être loin de toi.» Ses lèvres tremblent.

Je dépose des baisers sur son front. Ses tempes. L'arête de son nez. «Alors, je viendrai à Albuquerque. Je te préparerai le petit-déjeuner et je veillerai sur toi. On verra comment l'ours supporte la captivité.»

Des larmes roulent sur ses joues. «Je ne veux pas que tu quittes ton chez-toi, mais t'avoir à Albuquerque serait merveilleux. Promets-moi que tu reviendras ici dès que tu commenceras à tourner en rond. Ou que tu te lasseras de moi.»

Je presse mes hanches contre elle, lui montrant à quelle vitesse mon besoin d'elle est de retour. «Tu crois que je me lasserai de ça?» Je la transperce de mon érection. Elle gémit, déjà irritée par tout ce sexe.

J'ai pitié d'elle et me retire.

«Et puis, je me suis découvert un intérêt à te voir écraser la concurrence pendant le quizz. Je pense te faire participer à *Questions pour un champion.*»

Elle éclate de rire.

«Je ne plaisante pas. Tu devrais jouer dans la cour des grands.

— Eh bien, on pourrait revenir passer les weekends ici. Je peux réorganiser mon emploi du temps pour avoir des weekends de trois jours. Par contre, il faudra peut-être installer le Wi-Fi chez toi. C'est possible?

— Si le Wi-Fi me permet de te garder ici, ma belle, je le ferai installer. Je veux que tu sois heureuse. Et avec moi.

— Ce n'est pas un problème, que tu sois avec une

humaine ? Je veux dire, ce n'est pas contre les règles ? » Elle pique l'un de ces fards que j'adore.

« Ce n'est pas conseillé. Ouais, c'est un peu aller à l'encontre des règles. Je m'en fous. »

Elle saisit mon membre et me guide pour que je la pénètre de nouveau. « Tu ne peux pas me chauffer comme ça et me laisser en plan. » Son ton sensuel m'envoie au septième ciel.

Mes dents s'allongent pour la marquer. Je grogne, mais ne peux repousser le plaisir. Il m'envahit comme une drogue puissante. « Miranda, je dois te dire quelque chose. » Je dois lutter pour former des mots.

Elle cesse de remuer les hanches et rencontre mon regard. « Qu'y a-t-il ?

— Normalement, les ours ne s'unissent pas pour la vie. Ils sont nombreux à être polyamoureux. Mais il leur arrive de le faire. » De la chaleur se rassemble à la base de ma colonne vertébrale, mes testicules se contractent.

« D'accooord… » Remarquant mes dents, elle écarquille les yeux.

« Mais j'ai du mal à contrôler mon ours. Il veut que je te marque pour faire de toi ma compagne. »

Elle ne quitte pas mes dents pointues des yeux. « Qu'est-ce que ça veut dire ? demande-t-elle en un murmure.

— Une morsure. Comme une preuve d'amour, pour imprégner mon odeur en toi. Et éloigner les autres mâles.

— D'accord.

— D'accord ? » Je ne m'attendais pas à ce qu'elle accepte. J'essayais simplement de lui expliquer que je n'arrivais pas à empêcher mes dents de s'allonger.

Elle acquiesce, presque radieuse.

« Chérie, tu pourrais garder une cicatrice. Ça fera mal, aucun doute. » Je ne peux ni cesser mes va-et-vient en elle ni empêcher mes yeux de se révulser sous l'effet du plaisir.

« Où est-ce que tu le feras ? »

Le *feras*, pas le *ferais*. Elle l'accepte sans aucune protestation. Mon indépendante féministe désire ma morsure de revendication.

À présent, je peux à peine me réfréner. « Oh, par le ciel. À toi de me le dire, chérie. En général, c'est dans la nuque, mais je peux mordre ta cuisse ou une autre zone qui ne se verra pas. Merde, Miranda. Je n'arrive pas à me retenir.

— Mords-moi ! » Elle se cambre, m'envoyant ses merveilleux gros seins dans la tête.

Ma mâchoire claque et je la revendique avant même d'avoir eu le temps de reculer. Mes dents sont profondément plongées dans la chair de son épaule, juste au milieu de son joli tatouage.

Elle crie, mais je le jure sur le ciel, elle a également un orgasme.

Je jouis aussi. *Fort.*

J'ai déjà éjaculé une demi-dizaine de fois au cours des douze dernières heures, mais la semence qui s'écoule à présent de mon sexe semble ne jamais pouvoir se tarir. Emplissant Miranda, je me force à desserrer les mâchoires, puis lèche le sang qui perle sur sa blessure alors que je continue à la pilonner.

Elle m'enlace en pleurant un peu. Et en riant un peu.

« Je suis désolé. Je suis tellement désolé, chérie. Dis-moi que ça va.

— Ça va. Ça fait mal, mais ce n'est pas si profond. Je m'en remettrai.

— Je te laisserai me marquer comme tu en as envie. » C'est une promesse. Je désire lui offrir quelque chose en échange.

Elle rit d'un ton larmoyant. « Ah oui ? Tu te tatouerais mon prénom sur ton pec ?

— Tout ce que tu veux.

— Je plaisante, dit-elle doucement. Je ne veux que toi.

— Tu m'as, chérie. Je suis là. »

Je continue à lécher sa blessure. Le sérum contenu dans ma salive devrait l'aider à cicatriser plus vite. Par le ciel, j'espère qu'elle cicatrisera rapidement, parce que je serai au fond du gouffre chaque jour que la marque la fera souffrir.

« Caleb ? demande-t-elle d'une voix douce et hésitante.

— Oui, chérie ?

— J'honorerai toujours le souvenir de ta femme et ta fille. Je ne veux jamais que tu penses que tu ne dois pas parler d'elles ou commémorer ce que vous aviez. »

Mes yeux voilés, j'enfouis mon visage dans le creux de son cou. Cette femme est trop. Trop gentille. Elle ne me demande pas de choisir entre mon passé et mon présent. « Miranda, dis-je d'un ton étranglé. Tu es mon salut, tu le sais ? Tu m'as ramené à la vie.

— Et toi, tu m'as fait don de moi-même, répond-elle.

— Qu'est-ce que ça veut dire ?

— Tu m'as aidée à m'accepter telle que je suis. Mon corps. Mon esprit. Je n'ai rien à te prouver. Tu m'apprécies comme je suis.

— C'est parce que tu es déjà parfaite. »

Ses lèvres trouvent mon cou, et elle y dépose de petits baisers. « Je t'aime, Caleb.

— Moi aussi, je t'aime, chérie. »

ÉPILOGUE

Miranda

« Ours ! Reviens ici ! » Je cours sur le sentier de montagne et contourne un rocher juste à temps pour voir la queue de mon chien disparaître entre deux arbres.

Il est parti en aboyant. Je presse le pas derrière lui et frissonne légèrement lorsque j'ai un petit flashback de mon kidnapping, survenu quelque temps plus tôt cette année. Désormais, les bois sont sûrs.

Une ombre tombe sur moi. « Qu'est-ce que je t'ai dit au sujet de te promener seule dans cette forêt ? »

Je me retourne brusquement, au bord de l'évanouissement jusqu'à ce que je croise le regard de Caleb, qui apparaît derrière un arbre.

« Oh, mon Dieu, Caleb, tu m'as fichu la trouille. »

Il approche avec un grondement joyeux, me soulève et me donne un baiser passionné. Mes jambes ceignent ses hanches et les serrent, mes seins enflent en effleurant son torse. Son torse dur est nu. Mmmm…

Nous sommes enchevêtrés, nos lèvres et nos langues unies. Ours nous tourne autour en aboyant.

« Attention, jolie dame, grogne Caleb. C'est dangereux d'être ici toute seule.

— Pourquoi ? Un grand méchant ours pourrait me manger ?

— Putain, exactement. » Il serre mes fesses dans ses mains, puis leur assène une tape sonore.

Je murmure : « Le cri d'amour de l'ours-garou des montagnes.

— Tu as tout compris. » Je viens d'emménager ici de manière permanente et nous sommes encore dans notre phase de lune de miel. Caleb a fait installer le Wi-Fi et j'ai obtenu une bourse de recherche qui me permettra de vivre et travailler ici, dans la montagne.

Quitter mes collègues et le stress quotidien de l'université du Nouveau-Mexique était la meilleure décision que j'ai jamais prise. Je n'ai jamais été aussi heureuse de ma vie.

« Tu as reçu quelque chose », dit Caleb en sortant une lettre de sa poche arrière.

Reconnaissant le nom du journal scientifique que j'ai contacté, je lui prends la lettre et l'ouvre en un temps record.

Je déplie la feuille et la parcours aussi vite que j'en suis capable. « Oui ! »

Caleb hausse ses sourcils, interrogateur.

« C'est oui ! Ils vont publier mes recherches et m'invitent à les présenter lors de leur conférence annuelle ! C'est énorme !

— Félicitations ! » Caleb me soulève et me fait tourner dans ses bras. « Tu as réussi. Je le savais. Tu es merveilleuse !

— Merci, merci, merci. » J'embrasse son oreille et sa tempe, partout où mes lèvres peuvent l'atteindre.

Il rit. « Pourquoi tu me remercies ?

— Parce que tu crois en moi. Parce que tu me rends heureuse. Pour cette vie. »

Il m'étreint, si fort que mes poumons se vident. « Putain, je t'aime, chérie.

— Je t'aime tellement, Caleb. »

Il me lâche, puis entrelace ses doigts aux miens et m'entraîne en direction du chalet.

« Où est-ce qu'on va ? » Je pose la question en riant, bien que je connaisse déjà la réponse.

« Fêter ça. Tout nus. Tout l'après-midi.

— Hmmm… » Je fais mine d'y réfléchir. « Oui, je pense que ça contribuerait à mes recherches. » Je lui adresse un grand sourire, débordante de joie.

Il me soulève comme si je ne pesais rien et me porte jusqu'au chalet, où je sais qu'il s'assurera que je rassemble toutes les données nécessaires à mes recherches.

Fin

Merci d'avoir lu *La Proie de l'Alpha !* Si vous avez apprécié ce livre, nous vous serions reconnaissantes de nous laisser vos commentaires ; ils sont très importants pour les auteurs indépendants. Découvrez bientôt le prochain livre de la série *Alpha Bad Boys* : *Le Sang de l'Alpha !*

LE SANG DE L'ALPHA ~
CHAPITRE UN

Sélène

La scène est une vieille plateforme usée, transformée par de moelleux rideaux rouges et des spots diffusant une lumière aveuglante. Combien de Macbeth sont morts ici ? Combien de Hamlet ? En coulisse, j'attends en écoutant les murmures du public. Mes bras se couvrent de chair de poule.

Détends-toi, m'a murmuré mon mentor. *Tu joueras ton rôle à la perfection.*

C'est bien ce que j'espère. Je me suis entraînée toute ma vie pour ce moment. Je porte une robe en soie à bretelles, qui drape ma poitrine et mes hanches, les moulant avec une moindre pudeur tout en dénudant mes jambes à mi-cuisse. La tenue légère ne me dérange pas, mais sans armes, je me sens nue. Depuis mes seize ans, j'ai toujours porté des armes sur moi. J'avais coutume de m'endormir en étreignant ma préférée : un pieu en bois.

C'est ton plus grand rôle. Ta performance suprême, a dit mon mentor. *Si tu échoues, tu le paieras cher.* Sa voix est devenue plus grave. *Ne me déçois pas.*

Je n'échouerai pas. Après ce soir, ma vie sera en danger, mais ce n'est rien de nouveau. Elle l'a toujours été. J'ai attendu, pleuré, sué, lutté, vécu, respiré et souffert pour ce moment. L'entraînement était terriblement exigeant, et je lui ai tout sacrifié. Quoiqu'il arrive après ce soir, tout a été planifié depuis longtemps, et mon rôle dans cette intrigue taillé sur mesure. Je suis née pour jouer ce rôle. Chaque instant de ma vie a mené à ce moment.

« Plus que dix minutes », prévient un machiniste en noir. Ses yeux glissent sur moi comme si je faisais partie du décor. Je lève le menton et rencontre son regard, puis le fixe jusqu'à ce qu'il baisse la tête et décampe. Lissant ma robe transparente, je détends ma lèvre supérieure, qui s'était retroussée. Je joue le rôle d'une soumise ce soir, mais pas avant que le rideau se lève. Je ne me recroquevillerai pas devant ces cafards. Je ne m'incline même pas devant mon mentor. Mes démonstrations de supériorité l'amusent. Ou il pense peut-être que ma force d'alpha me protégera lors de ma mission finale. Quoi qu'il en soit, il me permet mon insolence. Je serais morte s'il en était autrement.

Deux ombres se déplacent dans les profondeurs de la scène. Je ne prends pas la peine de me retourner pour les regarder. Les gardes sont là pour ma protection, et pour me pousser sur scène si je me dégonfle. Ce n'est pas nécessaire. J'ai hâte de jouer ce rôle.

Ce vieux théâtre a passé son heure de gloire depuis longtemps. L'air y est poussiéreux, sent le renfermé. Une autre odeur âcre flotte dans la loge, et empire quand on descend les marches menant au sous-sol empli de cages. Mon mentor m'a fait passer devant elles sans ralentir, en m'ordonnant de me concentrer sur l'objectif final. J'avais à moitié envie de me tourner vers les cages, pour trouver celles qui étaient occupées et en casser les barreaux. Pour libérer les métamorphes effrayés. Dans une autre vie, ce serait ma mission. Elle peut encore l'être, si je survis.

Ils vont être présentés sur scène ? ai-je demandé pendant que nous montions l'escalier, fuyant ces yeux scintillants.

Certains d'entre eux, a répondu mon mentor. *Certains attendent d'être récupérés.* Remarquant ma colère et mon dégoût, il s'est penché vers moi. *Lucius Frangelico autorise cette perversion. Une fois qu'il ne sera plus là, nous redresserons ce tort.*

C'était exactement ce qu'il fallait me dire. Lorsque je monterai sur scène, je ne penserai qu'au roi assis parmi les spectateurs. La fin de son règne enverra une onde de choc à travers tout son royaume corrompu.

Mais avant tout, Lucius Frangelico doit mourir.

Il est là ? Maintenant ? ai-je demandé à Xavier.

En chemin, a-t-il répondu. *D'après mes espions, il arrivera à temps. Une fois qu'il sera assis, nous donnerons le signal et ton rôle débutera.*

Mes poings se serrent contre mes flancs. Je me force à les décrisper. Il est temps d'entrer dans mon rôle. Je dois le jouer à la perfection, sinon je ne survivrai pas.

Une autre silhouette apparaît. Une femme âgée sort de la loge pour me jeter un rapide coup d'œil critique. Je me tiens droite et la laisse m'examiner. Je baisse même les yeux vers le sol, me comportant comme la soumise que je suis censée être.

Mes cheveux sont tressés et retenus en une couronne sur mon crâne. Je porte un maquillage minimal : une touche de fard à paupières, du mascara, du blush. Assez pour que les lumières ne me rendent pas blême, avec une note audacieuse sur ma bouche : du gloss rouge. De la couleur du sang et des rêves des vampires.

Tu attireras immédiatement son attention, a susurré mon mentor. *Il sera content.* Xavier a détaillé mon corps à demi nu de la tête aux pieds. Bien que son examen soit impersonnel, clinique, je n'ai pu m'empêcher d'apprécier l'éclat approbateur de son unique œil.

Et s'il ne mord pas à l'hameçon ? ai-je demandé.

Aucun risque. Si ça n'arrive pas ce soir, l'un de mes collègues t'achètera et te paradera. Il te mettra sous le nez de Frangelico. C'est à toi d'attirer son attention. Xavier a refermé ses grandes mains autour de mes bras, d'une poigne cruelle et douloureuse. Ses doigts ont laissé des bleus, mais j'ai accepté ces marques avec gratitude. Mon entraînement ne permettait ni réconfort ni contacts amicaux. En revanche, il m'a laissé de nombreuses marques. Je les ai reçues comme des baisers ou des étreintes. La douleur est devenue plaisir et chaque hématome m'a rendue plus forte. Une arme affûtée.

Xavier a serré plus fort et j'ai ravalé un gémissement.

Bonne fille, a-t-il dit, et je me suis senti pousser des ailes. Je ne sais pas s'il m'a volontairement fait mal avant de reculer pour laisser la maquilleuse travailler. Lorsqu'elle a voulu dissimuler mes marques, il lui a ordonné de les laisser. *Elles attirent l'œil.* Xavier a saisi mon menton. *Souviens-toi de ce que je t'ai appris.* J'ai incliné la tête, puis le vampire borgne a quitté la pièce. Voyant la maquilleuse frissonner, j'ai esquissé un petit sourire de solidarité. Aussi grand et large qu'un lutteur, la moitié défigurée de son visage rendue à peine présentable par un cache-œil, Xavier est effrayant. Il m'a élevée et entraînée avec une concentration implacable, tournée vers mon objectif ultime : la vengeance. Ses méthodes étaient brutales et cruelles. S'il ne m'avait pas donné tout ce dont j'ai besoin pour venger ma meute massacrée, je le haïrais.

Je le hais peut-être. Dans mon monde, la haine n'est pas si éloignée de l'amour.

La maquilleuse hoche brusquement la tête et s'éloigne, ses talons claquant sur le plancher rayé.

Comme je fixe le sol, les traces de la présence de métamorphes ne m'échappent pas. Les touffes de fourrure, les griffures sur le parquet là où les gardes les ont forcés à monter sur l'estrade. Les métamorphes qui attendent présentement dans le sous-sol, frissonnant dans des cages. Je ne peux pas les secourir ce soir. Je pourrais peut-être le faire, si je survis.

Je remarque de l'agitation dans les coulisses, puis un petit homme chauve en smoking monte sur la scène, une poignée de notes serrée dans sa main. Il les parcourt en marmonnant dans sa barbe : « Lot numéro 9, de la marchandise exceptionnelle. Une louve éduquée, jamais touchée. Elle n'a jamais été saignée. » Il me jette un coup d'œil évaluateur. Je pourrais tout aussi bien être un morceau de viande.

J'inspire profondément et entre dans mon personnage. Une louve docile et soumise, formée à devenir la compagne d'un vampire.

Frangelico sera incapable de te résister, m'a dit Xavier en fermant un collier blanc autour de mon cou. *Tu es magnifique.* Ce n'était pas un compliment. Dans mon monde, la beauté est une arme. Une arme dont j'ai appris à me servir.

Un machiniste donne un micro à l'homme en smoking.

« C'est l'heure », dit le commissaire-priseur en me faisant signe. Je prends une profonde inspiration, lève la tête et m'avance, pieds nus, sur la scène.

Lucius

« Sire, quelle bonté de vous joindre à nous. » Un vampire m'accueille en se prosternant lorsque je descends de ma limousine. Mes gardes du corps lui bloquent le passage jusqu'à ce que je leur fasse signe de s'écarter.

« J'ai entendu dire que c'est le bon endroit pour acheter un métamorphe. » Je balaie des yeux le bâtiment délabré, la marquise vide.

« Oui, oui, vous avez raison, dit Dante avec un petit rire avant de courir ouvrir la porte. La première partie de la vente aux enchères est terminée, mais les lots restants sont sublimes, à ce qu'on m'a dit. La crème de la crème. Par ici, s'il vous plaît… »

Je dépasse rapidement le vampire obséquieux. Pourquoi en ai-je fait l'un des nôtres ? Tous mes enfants finissent par me décevoir. C'est ma malédiction.

Des groupes de vampires vêtus avec élégance me regardent discrètement. Je ne m'attendais pas à passer inaperçu, mais à la façon dont Dante ne cesse de se courber à côté de moi sans cesser de parler, je pourrais tout aussi bien me trouver sous un projecteur.

Le théâtre est vieux, mais possède un charme singulier. Un chandelier en verre brille au-dessus de ma tête. Les rideaux rouges de la scène ont été brossés récemment. Mais même les forts parfums et les eaux de Cologne portés par les vampires dans le public ne peuvent masquer les odeurs de fourrure et de peur des métamorphes.

On m'a dit que les métamorphes sont consentants. Désirant désespérément un protecteur, ils acceptent d'être vendus à un vampire ayant pris goût à leur sang. Nous sommes certainement nombreux à être prêts à payer une belle somme pour un animal de compagnie.

« Comme vous pouvez le voir, nos rénovations viennent seulement de commencer. Nous avons fait en sorte de préserver l'architecture de 1920… » Dante interrompt abruptement sa visite guidée lorsque je m'installe sur un siège, côté couloir.

« Sire, dit-il en secouant les mains, nous vous avons réservé un siège dans l'allée centrale. Cette rangée n'a pas été rénovée…

— C'est très bien. » J'adresse un signe de tête à mon équipe de sécurité et chacun s'installe autour de la place que j'ai choisie. Six des meilleurs gardes du corps que l'on puisse engager, leurs armes dissimulées sous leurs costumes. Ce sont les gardes que les gens peuvent voir. J'ai davantage de couches de protection que quiconque peut l'imaginer. Après un siècle de tentatives d'assassinat, on apprend à prendre des précautions.

Dante reste là, tentant toujours de me faire déplacer jusqu'à un autre fauteuil, plus grand et plus récent. « Les ressorts de ces vieux sièges ne sont pas très confortables. »

Il a raison. Un ressort entre dans mon dos en ce moment même.

« Je préfère cette place. » Je me tourne vers la scène vide.

Des particules de poussière dansent sous les spots aveuglants. Quand le rideau frémit, la salle s'emplit d'un murmure d'anticipation.

J'étends mes jambes et ignore les gestes nerveux de Dante. J'ai bien compris que le vampire souhaite que je change de place. Il ne cesse de se retourner pour faire signe à quelqu'un sur le balcon.

Mes enfants complotent contre moi. Vu les efforts qu'ils ont déployés pour organiser cette vente aux enchères, ils fomentent leur plan depuis un certain temps.

Peu importe. Au cours de ma longue vie, j'ai découvert que toutes les tentatives de soulèvement se ressemblent.

Theophilus, l'un de mes enfants, s'assied quelques rangées devant moi. Il se tourne et incline la tête. Je lui rends son salut, puis lui fais signe d'approcher.

« Sire, dit-il lorsqu'il arrive à ma hauteur et s'incline. Comment puis-je vous aider ?

— Combien de ventes aux enchères ont eu lieu ici ? »

Il parcourt des yeux la salle faiblement éclairée. « Un bon nombre. J'ai appris leur existence il n'y a que quelques mois. C'est ma troisième.

— Et les métamorphes sont consentants ?

— Autant qu'ils peuvent l'être, grimace-t-il. La plupart sont des espèces rares. Sans un clan important pour les protéger, ils deviennent les proies des métamorphes plus forts.

— Et donc, ils acceptent ceci ? » Je désigne la scène de la main. « Est-ce mieux d'appartenir à un vampire ?

— Je ne suis pas métamorphe, donc je ne pourrais vous répondre. Je suppose qu'une vie de servitude vaut mieux que pas de vie du tout. »

Je pince les lèvres. La plupart des métamorphes que j'ai rencontrés préféreraient être libres. Après tout, ils sont en partie des animaux sauvages.

« Avez-vous d'autres questions sur la vente aux enchères ? » demande Theophilus. Parmi tous mes enfants, il est le moins susceptible de se retourner contre moi, mais ça ne signifie pas qu'il ne l'a pas fait.

« Pas pour l'instant.

— Vous comptez enchérir, sire ? »

J'étudie son visage à la recherche d'une trace d'émotion. De l'intérêt, de l'espoir, n'importe quoi. Esquissant un sourire énigmatique, je réponds : « Je n'ai pas encore décidé.

— Vous pourriez être surpris. Bon nombre de ces métamorphes sont naturellement soumis. Posséder une telle créature peut être exaltant.

— C'est un point à prendre en compte, dis-je en un murmure.

— Lorsque l'on vit éternellement, il y a si peu de nouveaux plaisirs. » Theophilus pose les yeux sur la scène et se lèche les lèvres. Une expression flagrante d'impatience.

Ces ventes aux enchères n'ont peut-être rien d'abominable. Au cours de la longue vie d'un vampire, il est facile de succomber à l'ennui. L'ennui engendre des dépravations de plus en plus perverses.

« Quand on vit aussi longtemps que moi, il n'y a plus de nouveaux plaisirs, dis-je. On s'accommode des anciens. »

Theophilus baisse la tête. « Sans vouloir vous manquer de respect, vous devriez envisager d'enchérir ce soir. Certains métamorphes, bien qu'ils acceptent la vente aux enchères, font montre d'une délicieuse résistance après avoir été achetés. Les faire plier fournit des mois de divertissement, si vous savez faire durer le plaisir.

— Des mois ? Tu me surprends, Theophilus, dis-je lentement pour lui tendre une perche. En faisant preuve de patience, un expert peut profiter d'une victime pendant des années. »

Il rougit. « Ces métamorphes ne dureront pas des années. Après tout, on ne peut pas les transformer.

— Comme tu dis. » Je fais mine d'en convenir. « J'imagine que la magie n'opère plus après quelques semaines. Ou quelques mois, si la victime est spéciale.

— Les métamorphes sont plus forts que les humains, mais personne ne peut résister à un vampire. Ils finissent tous par se briser.

— Oui. » Je me tourne vers la scène. « Tout le monde finit par se briser. » Même les vampires.

Les minutes s'écoulent et je fais mine de ne pas remarquer que des membres du public m'observent. J'entrelace mes mains, pensif. Ce soir, j'assisterai à la vente aux enchères et feindrai l'intérêt. Dans un mois, j'organiserai une fête avec quelques-uns de mes lieutenants triés sur le volet. D'ici là, je saurai lesquels de mes enfants ont conspiré contre moi. J'ai déjà ma petite idée.

« Mesdames et messieurs, veuillez vous asseoir. La dernière partie de la vente aux enchères est sur le point de commencer. »

Les lumières s'éteignent et un frisson parcourt la salle. Le rideau s'ouvre.

Et elle apparaît.

~

Sélène

« Lot numéro neuf, de la marchandise exceptionnelle », annonce le commissaire-priseur.

Je me tiens sur la petite plateforme et fixe un océan de lumière blanche. Les projecteurs m'aveuglent avant que je me souvienne de baisser les yeux vers le sol. Je suis censée être soumise. Un parfait petit animal domestique pour un vampire.

« Une louve métamorphe de vingt-deux ans. Elle a été formée aux arts de la soumission, mais… » L'homme s'interrompt et baisse la voix. « Elle n'a jamais été mordue. Ni possédée. Vous avez bien entendu, mes chers vampires… elle est vierge. »

Est-ce que j'imagine le murmure excité dans les rangs, au-delà des spots ? Mon entraînement reprend le dessus. Je plaque une expression neutre sur mon visage avant que le dégoût ne retrousse ma lèvre.

« Tourne-toi, ma belle, qu'on s'en prenne plein les yeux. »

Je pivote avec lenteur, puis m'immobilise de nouveau. Je baisse légèrement la tête.

«Les enchères commencent à cent mille, reprend le présentateur. Cent mille pour cette vierge pure, jamais touchée. Est-ce que j'ai cent mille… oui, là, dans le fond. Le gentleman avec le nœud papillon rouge. Quelqu'un d'autre souhaite-t-il posséder ce joli spécimen, cette beauté métamorphe ? Quelqu'un misera-t-il deux…» Les enchères montent, encouragées par les commentaires enthousiastes du commissaire-priseur. La lumière me fait plisser les yeux. Combien de gens se trouvent dans le public ? Dix ? Vingt ? Une centaine ? Quelque part, sur le balcon peut-être, Xavier observe.

Ça n'a pas d'importance. Je suis là pour un vampire, et un seul. Lucius Frangelico. J'ai besoin d'attirer son attention.

Je baisse le nez et tente de paraître docile. Comment donner envie au roi vampire d'enchérir sur moi ? J'humecte mes lèvres rouges, mais ne peux me résoudre à prendre une pose sensuelle. Pas alors que j'ai envie de frapper celui qui force des métamorphes à participer à cet évènement révoltant.

Je meurs d'envie de serrer les poings. J'oblige mes épaules à se détendre.

Ce sera bientôt terminé.

Lucius

Ce n'est pas une soumise.

C'est ma première impression sur la belle louve. Avec colère, elle regarde fixement le sol devant ses pieds nus. Chaque fois que le commissaire-priseur mentionne sa virginité, le coin de sa bouche tressaute. Ils l'ont vêtue avec presque rien, un habit ressemblant davantage à une nuisette qu'une robe de soirée. Un vêtement en soie qui ne demande qu'à être arraché. Elle a des bleus sur les bras, signe qu'elle a été malmenée, cependant elle n'a rien de fragile. Elle est grande et attirante, une Amazone avec une couronne de cheveux d'un blond doré, presque blanc.

Elle a quelque chose de familier. Lorsqu'elle lève la tête pour jeter des coups d'œil aux quatre coins du théâtre, j'oublie le souvenir alors que mon corps réagit. Du sang se précipite dans mon bas-ventre. Comment serait-ce de posséder une telle créature ? De la dresser, d'être son maître ?

Je prends une expression blasée. La louve me tente, c'est tout. Quelque chose de nouveau et d'amusant pour me divertir un temps. L'immortalité réduit tout, plaisir comme douleur, à une distraction temporaire. Mais cette louve pourrait me le faire oublier un court moment.

De plus, elle ressemble à quelqu'un que j'ai connu autrefois…

Sur la scène, elle lèche ses lèvres peintes en rouge. Je me sens à l'étroit dans mon pantalon et serre les poings. Ma raquette pour enchérir est posée par terre, à côté de ma chaussure. Dante a dû la laisser là.

Je n'enchérirai pas ce soir. Mais c'est si tentant.

Assis dans le rang devant moi, Theophilus s'éclaircit la gorge. « Vous voyez ce que je veux dire, sire ? »

Je me penche pour observer de nouveau la louve. « Oui. En effet. »

~

Sélène

«Cinq cents, cinq cents, qui misera cinq cents…», répète le commissaire-priseur pendant que les enchères s'essoufflent. Il s'arrête et se gratte le menton. «Non? Vous avez peut-être besoin d'une motivation supplémentaire.»

Il fait signe à quelqu'un dans les coulisses et trois machinistes baraqués se dirigent droit sur moi.

En un souffle, je demande au présentateur: «Quoi?» Mais il s'appuie d'un coude sur le podium, s'installant pour assister à la scène. Le premier homme parvient à ma hauteur et tire sur la bretelle de ma robe.

«Il est temps de te mettre à poil, ma jolie.»

Ma main vole avant que je puisse l'en empêcher. Je repousse l'abruti numéro un tandis que ses deux collègues me saisissent les bras, juste sur les bleus que Xavier m'a faits.

«Salope», grommelle l'abruti numéro un. De sa grosse main, il saisit les bretelles qui se croisent dans mon dos et les déchire. La robe tombe, révélant mes seins au moment où je libère l'un de mes bras. Mon entraînement me revient. Je me penche sur la gauche et envoie un coup de pied dans l'entrejambe de l'homme à ma droite, qui s'effondre. Je déséquilibre l'homme à ma gauche d'un mouvement brusque. J'écrase mon poing dans sa figure et le fais rouler sur mon dos. Il percute l'abruti numéro un. Je m'accroupis en une pose de combat au milieu des trois brutes à terre.

Le commissaire-priseur s'esclaffe.

«Mesdames et messieurs, puis-je avoir un tonnerre d'applaudissements pour le lot numéro neuf?» Quelques applaudissements timides résonnent dans le théâtre. Mes joues chauffent. Je ne me suis pas défendue pour jouer un putain de rôle.

Mais c'en était un. Autour de moi, les types se

réveillent et se relèvent. Sur un signe du présentateur, ils quittent la scène à pas lourds.

« Le spectacle est fini, les amis, annonce le commissaire-priseur. Qui veut repartir avec elle ce soir ? Les enchères se poursuivent à cinq cent mille. »

Ma robe tombe sur mes hanches. Je la baisse et m'en débarrasse.

« Celle-ci ne manque pas de tempérament ! Quelle fougue ! Saurez-vous la dominer ? Pour cinq cent mille, vous pourrez le découvrir. »

~

Lucius

La louve est nue sur la scène, sa poitrine se soulevant rapidement. Elle a abandonné tout simulacre de soumission. Lorsqu'une mèche de cheveux s'échappe de sa tresse, elle la replace avec impatience. Elle foudroie tout et rien des yeux.

Elle est sublime. Si elle m'appartenait, je m'amuserais chaque nuit à l'affronter pour prendre le contrôle.

Je ne suis pas le seul à le penser.

« Merde », soupire Theophilus. Quand le commissaire-priseur reprend la parole, il lève sa raquette. Je ravale un grondement.

« Theophilus. » J'insuffle assez de compulsion à ma voix pour qu'il tourne la tête. Je tends la main, paume vers le ciel. « Donne-moi ça. »

Il obéit, mais partout autour de moi, des vampires enchérissent sur la louve. Elle se tient dans une flaque de lumière et n'essaie même pas de dissimuler sa révulsion. Pourquoi a-t-elle accepté d'être vendue aux enchères ? Elle n'a pas l'air d'être ce genre de personne.

À Theophilus, je demande : « Ces métamorphes. Si quelqu'un enchérit sur eux, obtiennent-ils une partie de l'argent ? »

La compréhension illumine son regard. « Non. Ils deviennent votre propriété. Ils n'obtiennent rien, mais leur famille peut recevoir une compensation financière. »

Ça correspond à l'information que l'on m'a donnée sur ceux qui réduisent les métamorphes en esclavage. Ces hommes, en général des métamorphes véreux, trouvent des clans de métamorphes vivant cachés et leur proposent d'acheter l'individu le plus soumis de leur groupe. Ils les menacent aussi, sans doute. Cette louve accepterait-elle d'être mêlée à un tel accord ? Si sa famille touche de l'argent, peut-être.

Je m'assieds au fond de mon fauteuil tandis que les enchères font rage autour de moi. Un mystère. Je suis plus intrigué à chaque seconde.

« Un million », déclare quelqu'un. Je me tourne et regarde de l'autre côté de l'allée. Un vampire imposant avec un cache-œil me rend mon regard. Grâce à toute une existence passée à contrôler mes émotions, je parviens à ne pas laisser transparaître ma surprise.

Xavier. Que fait-il ici ? Nos chemins ne se sont pas croisés depuis des décennies. Peut-être même depuis un siècle. Il incline la tête en un salut moqueur. La dernière fois que nous nous sommes vus, nous étions ennemis.

Un silence s'installe pendant que le commissaire-priseur et le public digèrent son enchère. Sur scène, la louve tremble, comme si elle se souvenait de la raison de sa présence.

Et je me souviens soudain à qui elle me fait penser. Son visage en devient un autre, une petite femme frêle avec un nuage de cheveux dorés, presque blancs. Ma première amante vampire. La seule femme, possiblement, que j'ai jamais aimée. Georgianna.

De l'autre côté du couloir, les crocs de Xavier brillent. Il ne m'a jamais pardonné de lui avoir pris Georgianna. Et maintenant, il me déroberait cette louve sous mon nez.

Celle-ci m'appartient, semble dire son expression triomphante. Pauvre louve. Xavier a toujours cassé ses jouets. Soit pour s'amuser, soit pour éviter que quelqu'un d'autre en profite.

Mes doigts se crispent autour de la raquette numérotée. Toute cette vente aux enchères, l'apparition de Xavier, la louve qui semble le fantôme de Georgianna revenu à la vie… c'est un stratagème. Un coup monté. C'en est forcément un. C'est trop commode.

Quelqu'un prépare quelque chose. Si mes enfants se sont acoquinés avec Xavier, ils sont au-delà du pardon. Leurs vies sont terminées.

Mais si Xavier agit seul, il pourrait s'avérer intéressant de jouer le jeu. Sauver la louve. La parader devant ma cour et attirer Xavier dans mes filets.

Quel est l'adage, déjà ? *Soyez proches de vos amis… et plus encore de vos ennemis.*

Oh, oui. Ces prochaines semaines seront très divertissantes. Je me réadosse à mon siège et lève ma raquette.

Sélène

« Un million. »

Le sang me monte à la tête. C'était la voix de Xavier. Enchérit-il sur moi ? Pourquoi ?

Je joins mes mains devant moi pour maîtriser leur

tremblement. Ai-je échoué ? Je ne peux pas. Il ne me reste rien, à part cette mission. Séduire Frangelico.

Alors que le silence se prolonge, je suis au bord de la crise de nerfs. Xavier n'aime pas l'échec. J'ai appris cette leçon encore et encore. La souffrance est une excellente professeure. Je suis assez forte pour la supporter, mais si j'échoue aujourd'hui, je ne sais pas…

Une voix grave s'élève : « Dix millions. »

Un grand calme s'abat sur le théâtre. Chaque créature, moi y compris, retient son souffle.

Le commissaire-priseur semble ne pas croire à sa chance. « D-dix millions. » Il s'éponge le front et balaie la salle des yeux en se mordant la lèvre. J'attends qu'il propose une surenchère, mais le bond impressionnant entre un et dix millions l'a rendu muet.

Il tape le podium de son maillet et crie : « Vendu ! Au gentleman avec les poches les plus profondes. Lucius Frangelico, le roi vampire. »

Mes oreilles sifflent. Je me penche et ramasse les lambeaux de ma robe déchirée. Ça a marché. Ça a marché ! Il m'a achetée.

Dans quelques minutes, je serai entre les griffes de mon nouveau maître vampire. Tout se passe comme prévu.

Le rideau se referme sur la scène et je reste dans le noir, clignant des yeux.

Le présentateur annonce une pause et descend de scène. Une fois dans les coulisses, il me fait signe de le suivre.

« Bonne fille. » Il se frotte les mains, s'imaginant sans doute déjà tenir dix millions de dollars entre ses gros doigts sales. Je ferme les yeux, prise de vertige. Quel genre de vampire paie dix millions pour un loup de compagnie ? Que me fera-t-il ?

Peu importe. Tout sera bientôt terminé. S'il se passe

des choses déplaisantes entretemps, eh bien, j'ai appris à supporter énormément de douleur.

Quatre gardes approchent et m'entourent. Ils ne me touchent pas, donc je ne proteste pas. Derrière eux, l'une des brutes qui m'a malmenée rôde dans l'ombre. Il maintient un bloc de glace contre son visage. L'homme que j'ai frappé à l'entrejambe a disparu. Celui qui reste me décoche un regard noir, mais ne s'approche pas. Il n'osera plus me toucher, désormais. J'appartiens au roi vampire. Cette pensée me percute comme un coup de poing et me fait tanguer.

Un jeune homme élancé apparaît à côté de moi. Quand je remarque son odeur, je détourne les yeux. Il n'est pas humain. C'est un vampire.

« Sa Majesté aimerait que tu mettes ça. » Il me tend une veste de costume. Je donne ma robe déchirée à un garde et m'enveloppe dans la veste trop grande. Ses manches tombent sur mes poignets et elle couvre mes jambes jusqu'à la mi-cuisse. J'ai porté des robes moins longues. Comme celle de ce soir.

« Sa Majesté viendra bientôt te chercher. Tu as besoin de quelque chose ? À manger, à boire ? »

J'aimerais bien des chaussures, mais je secoue la tête. J'enfouis mon visage dans le col de la veste et inspire l'eau de Cologne, discrète et hors de prix, qui imprègne le tissu. Elle ne masque pas l'odeur familière de pierre froide. Cette veste a récemment été portée par un vampire.

« Par ici. » Le commissaire-priseur nous mène dans la loge.

Le jeune vampire plisse le nez. « Vous voulez faire venir le roi ici ? C'est un trou à rat. » Lorsque le présentateur se met à plat ventre et affirme qu'il ne demanderait jamais au grand Frangelico de salir ses chaussures en entrant dans cette pièce, le jeune vampire grommelle. « Alors, trouvez-nous un meilleur endroit pour patienter. Il s'agit de la propriété du roi, dit-il avec un geste de la main dans ma direction. Le respect dont vous faites preuve avec elle est le respect que vous témoignez au roi. »

C'est comme ça que nous nous retrouvons dans une autre pièce, qui sent la peinture fraîche et est remplie de meubles neufs. Elle se trouve à l'étage. Le jeune vampire est plein d'attentions envers moi. Il me trouve une bouteille d'eau et se lamente sur mon absence de chaussures.

Je fais le vide. Rien n'a d'importance jusqu'à ce que je rencontre Frangelico.

Mon nouveau maître.

Non. Je ne lui appartiendrai jamais. Il pensera que je suis à lui. Le temps qu'il comprenne la vérité, il sera trop tard.

Je fais face à la porte et attends que ma cible entre. Lucius Frangelico, le visage qui me hante. La source de tous mes cauchemars. Le vampire qui a tué ma meute et fait de moi une orpheline. Sans Xavier, je serais morte. Je lui dois tout. Et cette dette ne pourra jamais être remboursée. En plus de me sauver la vie, Xavier m'a également donné une raison de vivre. Des années d'entraînement et de planification, aboutissant en une unique mission : la vengeance.

Et maintenant, j'ai été vendue au roi vampire. Je vais pénétrer chez lui, je le laisserai me mener dans son antre. Je gagnerai sa confiance. Je guetterai le bon moment.

C'est ce que j'ai attendu toute ma vie. Tout mon entraînement, tout mon dur labeur n'avait qu'un objectif.

Tuer Lucius Frangelico.

LE SANG DE L'ALPHA ~
PROCHAINEMENT

JE L'AI ACHETÉE. ELLE M'APPARTIENT. MAIS
ELLE NE SERA JAMAIS MIENNE…

Un roi vampire…

Dès qu'elle est montée sur scène, j'ai eu besoin de l'avoir dans mon lit. Ma soumise, à genoux et à mes pieds.

Mais cette vierge captive est davantage qu'il n'y paraît…

Une espionne dans mon royaume. Une arme affûtée par mon ennemi. Elle me hait, mais la haine est une émotion dangereusement proche de l'amour…

Une reine capturée…

Toute ma vie, je me suis entraînée en vue d'un seul but. Un objectif ultime : tuer le roi vampire.

Je m'attendais à un combat. À de la douleur. À de la torture. Je ne pensais pas le désirer. Mon corps est une arme qu'il retourne contre moi.

Mais je ne peux oublier ma meute massacrée. Ma quête de vengeance. Ma mission est simple :

Le séduire. Gagner sa confiance. L'éliminer.
Et, par-dessus tout : ne pas tomber amoureuse.

Abonnez-vous à la newsletter de Renee

Abonnez-vous à la newsletter de Renee pour recevoir livre gratuit, des scènes bonus gratuites et pour être averti·e de ses nouvelles parutions !

OUVRAGES DE RENEE ROSE
PARUS EN FRANÇAIS

www.reneeroseromance.com/francaise/

Alpha Bad Boys

La Tentation de l'Alpha

Le Danger de l'Alpha

Le Trophée de l'Alpha

Le Défi de l'Alpha

L'Obsession de l'Alpha

L'Amour dans l'ascenseur (Histoire bonus de La Tentation de l'Alpha)

Le Désir de l'Alpha

La Guerre de l'Alpha

La Mission de l'Alpha

Le Fleau de l'Alpha

Le Secret de l'Alpha

La Proie de l'Alpha

Le Sang de l'Alpha

Dompte-Moi

Son Maître Royal
Oui, Docteur
Son Maître Russe
Son Maître Marine
Soumise à leur Punition

La Bratva de Chicago

Prélude
Le Directeur
Le Stratège
Possédée
L'Homme de Main
Le Soldat
Le Hacker
Le Bookmaker
Le Nettoyeur
Le Coureur

Les Nuits de Vegas

Roi de carreau
Atout cœur
Valet de pique
As de cœur
Joker Mortel
Dame de trèfle
Cartes sur Table
Bonne pioche

Alpha des montagnes

Le héros

Le Ranch des Loups

Brut
Fauve

Féral
Sauvage
Féroce
Impitoyable

Deux Marques

Indomptée (libre)
Tentée
Désirée
Séduite

Maîtres Zandiens

Son Esclave Humaine
Sa Prisonnière Humaine
Le Dressage de Son Humaine
Sa Rebelle Humaine
Sa Vassale Humaine
Son Compagnon et Maître
Animal de Compagnie Zandien
Sa Possession Humaine

Romance paranormale

La Saga des Berserkers

Vendue aux Berserkers

Rien ne pourra empêcher ces féroces guerriers de revendiquer leur compagne.

Alpha Bad Boys

Le Tentation de l'Alpha avec Renee Rose

Mon loup veut la marquer et en faire sa compagne, mais elle est humaine et délicate : elle ne survivrait pas à une morsure de métamorphe.

Romance et science-fiction

Exilés sur la Planète-Prison

La Compagne des Draekons avec Lili Zander

Une romance extrarrestre à trois

Un vaisseau spatial écrasé. Une planète-prison. Deux imposants extraterrestres bronzés qui se transforment en dragons. Le mieux dans tout ça ? Les dragons prétendent que je suis leur compagne.

Romance contemporaine

Bad Boy Royal

Je ne suis pas du tout en train de tomber amoureuse de mon arrogant et agaçant dieu du sexe de patron. Non. Absolument pas.

Royally Fake Fiancé

Le duc de Nouvelle-Arcadie a un problème d'image que seule une fiancée peut régler. Et je suis la petite veinarde qu'il a choisie pour jouer les Cendrillons.

La belle & les bûcherons

Après cette saison au camp des bûcherons, j'arrête complètement de baiser. Parce que : j'ai mes raisons.

Papa à moi

Mon héros marin sexy veut que je l'appelle « papa »…

L'innocence brisée

Innocence avec Stasia Black

Une romance sombre de mafia

Je suis le roi des bas-fonds du crime.

Elle est à moi, et je ne la laisserai jamais partir.

Captive du milliardaire

La Belle et sa Bête avec Stasia Black

Une romance interdite

Elle expiera les péchés de sa famille… pour toujours.

Elle est la Belle, et je suis la Bête.

À PROPOS DE RENEE ROSE

RENEE ROSE, AUTEURE DE BEST-SELLERS D'APRÈS USA TODAY, adore les héros alpha dominants qui ne mâchent pas leurs mots ! Elle a vendu plus d'un million d'exemplaires de romans d'amour torrides, plus ou moins coquins (surtout plus). Ses livres ont figuré dans les catégories « Happily Ever After » et « Popsugar » de USA Today. Nommée *Meilleur nouvel auteur érotique* par Eroticon USA en 2013, elle a aussi remporté le prix d'*Auteur favori de science-fiction et d'anthologie* de Spunky and Sassy, e celui de *Meilleur roman historique* de The Romance Reviews. Elle a fait partie de la liste des meilleures ventes de USA Today sept fois avec ses livres Wolf Ranch et plusieurs anthologies.

Abonnez-vous à la newsletter de Renee pour recevoir des scènes bonus gratuites et pour être averti·e de ses nouvelles parutions!

https://www.subscribepage.com/reneerosefr

À PROPOS DE LEE SAVINO

Lee Savino a l'intention de conquérir le monde, mais la plupart du temps, elle n'arrive même pas à trouver ses clés ou son téléphone, alors elle préfère encore rester chez elle et écrire des romances smexy (smart + sexy). Elle adore le chocolat, passe sa vie en pantalon de yoga et porte les chapeaux comme personne.

Pour de bonnes tranches de rigolade, rejoignez son groupe sur Facebook en anglais, Goddess Group, ou rendez-vous sur **https://geni.us/BredBerserkerFR** pour vous inscrire à sa news-letter et recevoir un livre gratuit.

Site web : www.leesavino.com
Facebook Goddess Group :
https://www.facebook.com/groups/LeeSavino/